悲怆母爱
大鱼之道

Sorrowful Motherhood
The Big Fish

沈石溪 / 著

北京理工大学出版社
BEIJING INSTITUTE OF TECHNOLOGY PRESS

沈石溪,中国著名的"动物小说大王",祖籍浙江慈溪,1952年生于上海。1969年初中毕业后,赴云南西双版纳插队,在云南生活了整整36年。

长年的云南边疆生活犹如一把金钥匙,开启了他动物小说的写作天赋。在他笔下,动物世界是与人类世界平行的一个有血有泪的世界。他的动物小说充满哲理、风格独特,曾荣获"全国优秀儿童文学奖""冰心儿童图书奖""陈伯吹儿童文学奖""台湾杨唤儿童文学奖"等四十多个奖项。

他的作品曾多次入选中小学新课程标准教材,成为阅读教学的精读范本,影响着新一代的读者,并被译成英、法、日、韩等多国文字,享誉全世界。

"我喜欢重彩浓墨描绘另类生命,我孜孜不倦地朝这个方向努力。"

为致敬生命而写作

为生命而写作,这话我在很早之前便已经说过。

在作为一名动物小说作家的创作生涯中,我从未担心过我的写作题材会受限,我的创作灵感会枯竭;因为我知道,就生命这一写作对象来说,动物世界其实是一个比人类社会更加广阔、更有可为的领域。这两者就好比是外太空与地球的关系,人类社会的题材固然恢宏,地球尽管庞大,但放眼于整个动物界与自然界,放眼于大气层外的宇宙空间,孰大孰小,狭窄与宽泛、有限与丰富的区别,还是一目了然的。

但是,我并不想让读者们因此觉得,我所写的生命就仅仅是动物的生命;相反我相信,每一位动物小说作家笔下的生命,与每一位人类小说——写动物的称为动物小说,写人类的为何不能称作人类小说?——作家笔下的生命，其实是同一种由无差别的精神内核驱动的、没有食物链上下与进化尊卑之分的东西。我们想一想，蒲松龄老先生笔下的"禽兽之变诈几何哉，止增笑耳"，难道只是在嘲笑狼的小聪明吗？同样，再读杰克·伦敦《野性的呼唤》，我们又岂能说那只是一条向往着野性的狗，而不是一个渴望着自由的生命呢？所以，我在三十几年的创作历程中，一直拿一句话作为自己的座右铭，那就是，人类绝不可以俯视动物。

　　人类绝不可以俯视动物，也就是说，人类在从动物身上观察它们的生命的时候，或者像我这样，需要把它们的生命描写出来的时候，一定要把自己放在跟观察对象、描写对象齐平的高度上，就像《热爱生命》里面的那一个人、一只狼一样，面对面地看着对方，看谁先倒下去。也只有如此，我们才能发现生命在动物世界里所展现出来的每一个维度，还有每一个维度中所承载的内容，就是它们的生命所焕发出来的温度与主题。

　　这样的维度可以有很多，比如它们的繁衍、它们的生存、它们的社交、它们的组织、它们的野性、它们的情感等，也正因为这样，动物的生命中才蕴含着同人类生命一样无限而丰富的主题。比如，在一条大鱼身上也存在着令人动容的母爱（《大鱼之道》），一条蟒蛇也可以是尽职尽责的保姆（《保姆蟒》），一往情深的公豹最后一次为妻子狩猎（《情豹布哈依》），不服输的鸡王拼死战斗到喋血一刻（《鸡王》），临产在即的母狼接受动物学家作为丈夫（《狼妻》），善良的崖羊令凶暴的藏獒性情大变（《藏獒渡魂》）……如此种种，令我们在最广阔的生命定义中看到了无穷无尽的可能，让我们不得不承认，每种动物都有千般故事，每个生命都是一段传奇。

所以，为生命而写作，如果这话讲得再明白一些，就是向生命致敬，褒奖它的升华，讴歌它的荣耀，赞美它的牺牲，肯定它的死亡，让生命在保有其优美感的同时，也获得它应有的崇高感。

这便是本套"致敬生命书系"分为六大主题、全新结集出版的目标。在我熟悉的动物的世界里，我写过它们悲怆的母爱，写过它们深挚的情义，写过它们绝妙的智慧，写过它们豪迈的王者，写过它们壮美的生命，写过它们传奇的野性……过往的许多年间,我的绝大部分作品都是以时间轴为出版顺序的,写到哪儿出到哪儿,推陈出新,陈陈相因,以至于有许多读者朋友会问我:沈老师,这么多年,你写了这么多书,究竟写了什么?是的,我要向大家回答清楚这个问题才行——

那么,这套书算是一个答案与交代了。

2018 年 12 月 10 日

目 录

- *1* —— 大鱼之道
- *15* —— 羊奶妈和豹孤儿
- *39* —— 母熊大白掌
- *77* —— 瞎眼狐清窝
- *93* —— 棕熊的故事

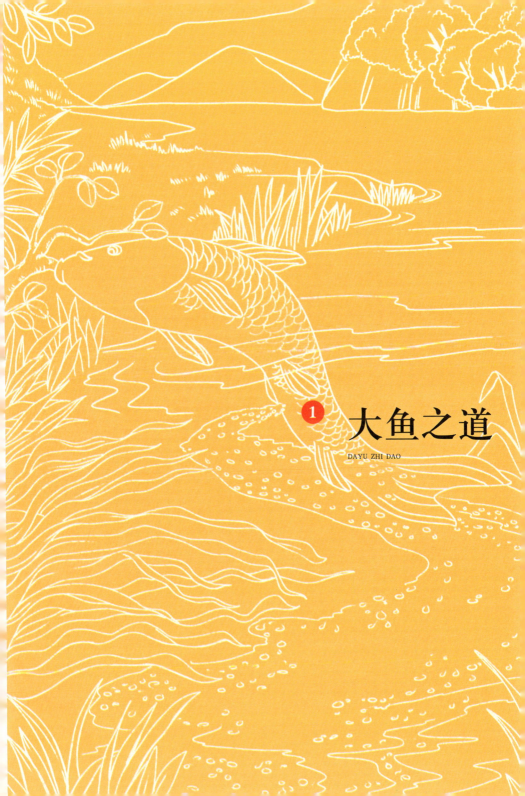

1 大鱼之道

DAYU ZHI DAO

在汉字中,"道"是个多义字。老子《道德经》开篇第一句就是"道可道,非常道",扑朔迷离,玄妙深奥,让人摸不着头脑。"道"既可指道路,也可指说话,也可指道德,又可指一种宗教,还可指事物的规律……日本还有茶道、花道、剑道、武士道的说法,似乎这"道"字已经进入了美学范畴,蕴含着特定的文化礼仪与文化内涵。前几天,一位搞古文字研究的朋友来我家闲聊。谈到"道"字,他说,"道"由一个"首"和一个"辶"

组成,而人类的生育,只要是顺产,都是头先走出来,所以,"道"字最原始的释义,就是生产过程,新生命的诞生,这是最美妙的自然现象。

朋友对"道"字标新立异的诠释,就像无意中打开了电脑中的某个文件,使我储存在记忆深处的鱼母故事一幕幕浮现在眼前。

那天清晨,天还蒙蒙亮,我就到离寨子不远的孔雀湖去看我昨晚扎在芦苇秆上的八架金丝活扣是否逮着了野鸭。运气欠佳,八架金丝活扣七架空的,剩下的一架逮着只一文不值的小麻雀。爬山爬出一身臭汗来,我想冲个凉。孔雀湖占地上千公顷,青山环抱,碧波荡漾,水草丰盛,水鸟飞翔,景色极美。丰沛的湖水流过山垭,沿着一级一级石坎淌下去,灌进山下的河道,就有了之后的流沙河。陡峭的山坡垂挂了一道宽二三十米的大瀑布,是个天然淋浴场。太阳刚刚擦亮湖面,天色尚

早,四周没有人,我脱光了,顺着石坎钻进瀑布,让激流给我按摩。正洗得痛快,突然,隔着水帘我看见山下被瀑布冲出来的那片清澈的水潭里,有一条黑色的影子在晃动。我将一只手掌伸进瀑布,撕开了水帘,哈,原来是一条大鱼在水潭里游弋,乌黑的背鳍像面黑色的旗帜,在绿水间飘舞。

每年的四五月间,这种名叫"黑鲩"的大鱼,就会从澜沧江下游溯江而上,游进流沙河,一直游到终点站——孔雀湖来产卵。鱼卵在温暖的孔雀湖孵化出来后,生活七八个月,长到比巴掌大一点时,便顺着瀑布冲向流沙河,游进澜沧江去。四五年后,这些小鱼长成一米来长、重达百斤的大鱼,便会准确无误地顺着原路返回孔雀湖来产卵。孔雀湖既是大鱼的产房,又是小鱼的摇篮。

没能逮到野鸭,要是能拖条大鱼回去,也蛮不错的。我很兴奋，赶紧跑出石坎，到小树林折了根手腕粗的树枝，又扯了一根手指粗的藤条，准备捉鱼。

大鱼拼命甩动尾巴，游进瀑布，一个打挺，跃上一层石坎，然后，平躺在石面上，在瀑布的浇淋下，翕动着嘴鳃，大口大口喘息着。

我从没见过这么大的黑鲩，足足有一米半长，身体比大蟒蛇还粗，少说也有一百五十斤；黑鲩又叫螺蛳青，普通的黑鲩脊背是黑色的，鱼肚皮是青蓝色的，但这条大鱼却浑身墨黑；它的肚子鼓得像吹大的泡泡糖，毫无疑问，里面塞满了鱼子；一般的黑鲩嘴唇没有胡须，它的嘴两侧却各有一根一寸长的触须，一看就知道，是一条有相当资历的大鱼，堪称鱼母。鱼母者，女中豪杰，女中魁首的意思。

两三丈高的山坡，被瀑布冲刷出七八道石坎，像层层梯田；我站在最高那层石坎，等候着鱼母光临。

  鱼母喘息了一阵,又一个打挺,跳到更上一层的石坎,就像爬楼梯似的层层登高。开始时,它每跳一层躺在石板上喘息两三分钟,积蓄了力量后,再接着往上一层石坎跳。跳到第四层石坎后,它明显气力不支了,间歇的时间越来越长,躺在石板上大口大口地喘息,往往要五六分钟后才能缓过劲来继续往上跳。

  我知道,它已精疲力竭了。它从遥远的澜沧江下游游到这里,千里大洄游,途中极少吃东西,也从不休息,顶风破浪,昼夜兼程,逆流而上,既要提防野猪、狗熊这样的陆上猛兽来捕捉,又要躲避渔网和钓钩的暗算,一路艰难险阻,早已身心疲惫,心力交瘁;鱼儿没有腿,也没有翅膀,若在深水里,还可凭借水的弹力,利用潮流和浪头的推力轻松地跳跃起来,现在是躺在石板上,身上只盖了一层薄薄的瀑布,对鱼来说,其跳跃的难度好比人在沼泽地里跳高,任你蚂蚱似的使劲蹦跶，也很难跳出平时的一半成绩。再说，鱼母又腆着胀鼓鼓的肚子，负重登高，更是雪上添霜，难上加难。

终于，鱼母跳到我站立的那层石坎上了。我提着棍子，赶到它的面前，瀑布正罩在它身上，飞溅起大朵水花。它望着我，眼神冷冷的，像被冰雪渍过。我咬着牙，瞄准它的后脑勺，用一种打高尔夫球的姿势，一棍子抡下去。鱼母可真是条老奸巨猾的鱼，在我用棍子砸下去的刹那间，鱼头和鱼尾向上翘起，弯成月牙形，又突然首尾耷落，像拐杖似的支撑石板，半圆弧形的身体像马鞍似的弓了起来，整条鱼便以极快的速度弹射出去；我打了个空，"啪"，棍子砸在石头上，虎口被震得发麻，手里的棍子断成两截，我一个趔趄，差点儿从石坎上摔下去。

假如鱼母多喘息几分钟，我想，它这一跳，可能会

成功地跳到孔雀湖里去的,从我站的石坎到湖面,仅有一米高,它是完全能跃上去的;假如它跳进孔雀湖,往深水里一钻,我有天大的本事也奈何不了它了。幸好它没得到足够的喘息时间,它刚刚从下一层石坎跳上来,正处在半虚脱状态,虽然躲开了我的棍子,却没能跳足够高,只上升了半米左右,就落了下来。它在我面前的石板上像皮球似的弹了弹,被湍急的瀑布随着水流一起冲了下去,就像人走楼梯走到最高一层,却不小心一脚踩滑,轰隆隆滚下去一样。我看见,鱼母从石坎上一级一级砸下去,砸得天昏地暗,跌得晕头转向,一直滚进山下那个大水潭里。它沉入水底,过了一会儿又漂上来,翻着鱼肚白,像根黑鹅毛似的在漩涡里打转。又过了一阵,它燕尾服似的鱼尾开始摆动,鱼肚白朝上的身体也慢慢扭转过来了,背鳍歪歪地氽在水面,挣扎着游出了漩涡。我想,它很快就会游走的,它死里逃生,它目睹了手持木棍的我，知道死神正在山垭上等着它，当然要逃走的。

我很懊恼，唉，就像掉了一只钱包。

就在这时，让我目瞪口呆的事情发生了。鱼母游进瀑布，一摆尾，又开始往山垭上跳，它跳得无比艰难，往往要跳好几次才能跳上一层石坎，每次失败，都重重摔在石板上，传来"叭"的一声闷响。孔雀湖仿佛是个强磁场，紧紧吸引着它。我想，鲤鱼跳龙门大概也是这种跳法吧。但传说中的鲤鱼跳的是幸福之门，一旦跳进了龙门就身价倍增，变成了威武雄壮的龙，而鱼母现在跳的却是鬼门关，跳向死亡，跳向地狱，跳向毁灭！它还跳得那么起劲，那么执着，那么顽强，实在令人感叹。

也不知过了多长时间，它终于又跳到我站立的那层石坎了。我看见，它的尾巴砸碎了，长长的背鳍也折断了，背部的鳞片也被粗糙的石头掀得七零八落，露出皱

纹很深的鱼皮。它躺在我面前,鱼尾、鱼背、鱼嘴、鱼鳃、鱼眼里都在朝外渗着血,整个身体差不多被血涂红了,它已不是黑鲩,而变成了红鱼,让我惊讶的是,鱼母身体的其他部位伤痕累累,那圆溜溜、胀鼓鼓的肚皮却完好无损,连皮都没有擦破,看来,它十分注意保护自己孕育着小生命的肚皮。它的嘴缓慢而又沉重地翕动着,两只微微鼓出来的眼睛直勾勾盯着我,我总觉得那两道被血丝浸过的眼光有着某种暗示和期待。

  我重重一棍击打在它的脑壳上,它的后脑勺凹进去一个很深的洞。就像死鱼一样,它纹丝不动,只是嘴巴停止了翕动。我有点儿纳闷,我觉得鱼母的表现很反常:它几秒钟前才从下面那层石坎跳上来,就算力气耗尽,没能耐再使什么鬼花招了,但受到致命打击后,总该挣扎几下吧?我无法想象一条这么大的鱼母,生命之火会像蜡烛一样,一口气就吹灭了。要不是它的脑壳碎了,我真要怀疑它是在装死。

我从腰上解下藤条,从洞开的鱼嘴塞进去,又从鳃帮里穿出来,打了个结,提在手上。

当地有个很奇特的风俗,凡是在产卵期逮到大肚子黑鲩,打死后,都要抬到孔雀湖边,把鱼尾泡进水去,说是满足这些大鱼的愿望,让它们把肚子里的鱼子产进湖里去。不止有一个老乡告诉我说,如果不做这个仪式,这些千里迢迢从澜沧江下游前来产卵的大鱼死也不会瞑目,你即使把鱼切成段,放进油锅炸,它也会在锅里蹦跶,把油锅掀翻。

我不相信有这样的事。我从小就喜欢吃鱼子,鱼子放在油里一炸,喷喷香,蜜蜜鲜,又不用担心鱼刺会卡着喉咙,真是第一美食。鱼母肚子鼓得那么大,少说也能挖出满满两海碗鱼子来,我才不会那么傻把到手的鱼子扔进孔雀湖里去呢!

我吃力地拖着鱼母,翻上石坎,沿着宽宽的湖堤走了一截,到了岔路口,准备拐弯离开孔雀湖回寨子去,突然,我发觉手里的藤条增加了分量,沉得拖也拖不动了。我回头一看,哦,是湖边的一根树枝缠住了鱼头,我返身想把树枝拉开,可刚刚弯下腰来,却发现是鱼母用嘴咬住了树枝!这不可能,我想,鱼母脑浆都被我打出来了,直挺挺地躺在地上,分明已是条死鱼,还会咬东西吗?肯定是这根树枝无意中插进了鱼嘴,我用力拔,奇怪的是,怎么也无法把树枝从紧闭的鱼嘴里拔出来。

我站在湖堤上,搔着头皮,想不通是怎么回事。

就在这时,让我这辈子都无法忘怀的事发生了,我只觉得攥在手里的藤条猛烈颤抖了一下,眼前闪耀出一道黑光,湖面爆起一片水花,还没反应过来是怎么回事,鱼母已从湖堤跃入湖中;它的动作快如闪电,我根本来不及看清一条死鱼是怎么诈尸似的跳跃起来的;它

的嘴还紧紧咬着湖边那根树枝,鱼头枕在岸上,身体浸泡在水里;它尾部喷射出一片金黄的鱼子,碧水间飘起一条长长的黄绸带,不,更像是一条金色的虹,一端连接着死亡,一端连接着新生;色彩鲜艳的鱼子绵绵不绝地喷射出来,缓缓地沉进绿色的水草间……

它赢得了生命道路上的最后辉煌。

终于,鱼母胀鼓鼓的肚皮瘪了下去,尾部那道金色的虹也消逝了,插在它嘴里的那根树枝也徐徐地退了出来。这以后,我把它拖回寨子,刮剥鱼鳞,开膛破腹,挖鳃去肠,切成鱼块,清蒸油炸,它都动也没动过一下。

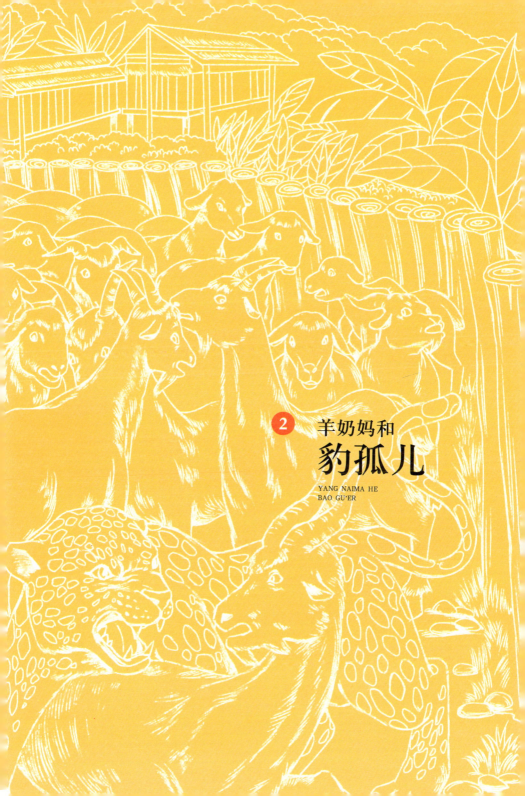

2 羊妈妈和豹孤儿

YANG NAIMA HE
BAO GU'ER

院子的围墙被白蚁蛀倒了一大片,我到山上砍野竹子来修补篱笆。路途有点远,我带了一篾盒糯米饭当午餐。运气不错,砍竹子时,刚巧碰到一只原鸡在抱窝,被我一刀砍杀,褪毛去脏,用一根竹棍穿起,放在篝火上烤。不一会儿,香味四溢,馋得我口水都流出来了。烤鸡现杀现吃,色泽金黄,油光闪亮,皮脆肉嫩——嘿,皇帝也享受不到这份野趣!我正在得意,突然听见左侧那片密不透风的斑茅草里,传来窸窸窣窣的声响。

我扭头看去，差一点儿没吓得尿裤子，一只色彩斑斓的金钱豹脑袋，从茅草丛中探出来。豹子会游泳、会爬树，奔走如飞，比老虎更难对付，猎人中就有"头豹二猪三虎"的说法。它离我最多只有十米远，我不敢跑，一跑它准会蹿跳起来，轻易地从背后把我扑倒的。这家伙准是被烤鸡的香味引到这儿来的，我灵机一动，将手里还没完全烤熟的原鸡朝它掷过去，希望它贪恋烤鸡的美味，放我一马。烤鸡骨碌骨碌滚到离豹头三四米远的草地上，它耸动鼻翼，贪婪地嗅着，长长的豹舌不断舔着嘴唇，慢慢地从斑茅草丛中钻出半个身体，一双铜铃大眼瞅瞅我，又望望烤鸡，露出一种犹豫不决的表情。我攥着柴刀，紧张得浑身汗毛倒竖。等了一会儿，它迈步走向烤鸡。谢天谢地！烤鸡比我更对它的胃口。我趁机站起来一步一步向后退却，准备退到安全距离后，转身撒腿飞逃。可当它的身体完全从斑茅草丛中钻出来

时,我发现,自己根本没必要飞逃,我只要快步走,就足以把它甩掉——它的一条后腿血肉模糊,掉了一截脚爪,整条右腿悬在半空——它是只残疾豹!

通常人们总以为森林里的野生动物,尤其是大型猛兽,一定身强力壮,五官和肢体完美无缺,这是一种想当然的错误见解。其实,森林里的野生动物,由于没有医院和任何保健制度,又时时处在弱肉强食的激烈竞争中,伤残的比例是相当高的。

我不知道这只豹子的脚爪是怎么弄断的,也许是被猎枪射中的,也许是捕捉野猪时被野猪的獠牙咬掉的,也许是在和豺群争抢食物时受的伤……只有一点我很清楚,凡走兽,前肢受了伤,还能勉强奔跑捕食,后肢受了伤,重心无法平衡,不可能再进行威风凛凛的扑跃,因此,是很难再生存下去的。

残疾豹抓住烤鸡,狼吞虎咽起来。看得出来,它已经好几天没吃到东西了，瘦得一副皮囊包裹着几根骨头。它还是只母豹，腹部吊着两排乳房，也干瘪瘪的，像晒蔫的丝瓜。

早知道它是只残疾豹，我就不会犯傻把香喷喷的烤鸡掷给它了，现在，悔之晚矣。

第三天清晨，我起来上厕所，刚拉开房门，又像触电似的将门关上并扣紧了门闩：一只浑身布满金钱环纹的豹子，正卧在我的院子里呢！毫无疑问，这家伙是从我还没来得及补好的篱笆墙缺口钻进院子来的。我急忙从土墙上取下猎枪，一面往枪管里灌火药和铁砂，一面从木格窗棂向外观察。豹子听到开门和关门声，头扭向我的草房，不是冤家不聚头，正是吃掉我烤鸡的残疾豹！它比三天前更憔悴了，满脸尘土，眼角堆满眼屎，活像豹类中的垃圾瘪三。

我"哗啦"拉动枪栓。在我的打猎生涯里，凡动

物,都本能地害怕拉枪栓的声响,会惊跳奔逃,起码也会紧张得兽毛支立,耳朵竖得笔直,发怒地咆哮。可眼前这只残疾豹,却仍卧在地上不动弹,只是用一种凄凉的表情望着我。我好生奇怪,忍不住多看了它一眼,我看见,它那条前几天就受伤的后腿露在外面,伤口严重发炎,化脓溃烂,散发着一股恶臭,还有蛆在腐肉上蠕动,它艰难地喘息着,四条豹腿僵硬地在抽搐,看样子快不行了。

对一只生命垂危,虚弱得连站都站不起来的残疾豹,我何必浪费子弹呢?更重要的是,子弹会损伤美丽的豹皮的。我立即打消了开枪的念头。

它见我隔着窗棂在注视它,便挣扎着挪向院子左边那棵石榴树下,带着某种恳求意味的眼光,在我和石榴树之间频频地穿梭往返,好像急着要给我和石榴树牵线搭桥。我很纳闷,开了门,手扣在扳机上,枪口指着那只色彩斑斓的豹头,小心翼翼地走过去看个究竟。

石榴树下,躺着一只小豹崽!这只豹崽和猫差不多大,眼睛还没睁开呢,身上沾满了草叶、土屑,有气无力地蠕动着。残疾豹爬到豹崽跟前,伸出长长的舌头,像推皮球似的推着豹崽,一点儿一点儿朝我推过来。"嘘——嘘——",我挥动着猎枪,想让它停下来,可它却固执地把豹崽往我面前推。我一步步往后退却,它痛苦的眼光紧紧盯着我,表情显得很沮丧,很失望,冲着我"欧"地轻吼了一声,绝不是那种威胁式的咆哮,也不是那种恶毒的诅咒,而是一种哀哀的乞求,或者说是一种虔诚的祈祷。

我突然产生了一种大胆的猜想,这只残疾豹大清早跑到我的院子里来,并非想要偷窃家畜家禽,也并非要来伤害我,它是出于无奈才来找我的。它是一只哺乳期的母豹,不幸的是,在捕猎时后肢受了重伤,它找不到

食物,也就分泌不出芬芳的乳汁,刚生下不久的几只小豹崽一只接一只饿死,最后只剩下一只小豹崽了,也已饿得奄奄一息。它晓得自己活不长了,不愿失去最后一个小宝贝,就忍着伤痛,叼着豹崽,借着夜色的掩护,从山上爬进曼广弄寨。三天前我曾和它打过一次交道,它记住了我的气味,凭着猫科动物灵敏的嗅觉,找到了我的家。它误以为我是出于同情和怜悯才扔给它烤鸡的,它以为我是个好人,会帮助它收养豹崽的。

它快不行了,呼吸越来越急促,越来越困难,身体因痛苦而缩成一团,连爬也爬不动了,但舌头仍执拗地颤动着,竭力要把豹崽推到我面前来,那双豹眼,仍充满恳切地凝望着我。

我仿佛受到了某种神秘的暗示,扔了猎枪,弯腰抱起豹崽,托在手臂上,抚摸着它的背,并亲了亲它毛茸茸的脸颊。

残疾豹眼里露出了欣慰的表情，豹尾缓慢地在空中画了一个圆圈，便僵直不动了。

残疾母豹临终时托付我一只还在吃奶的豹崽，我给它起名叫豹孤儿。刚巧，我放牧的羊群里有一只才出生两天的羊羔，在过河时一脚踩滑溺死了，我便把母羊牵到院子里来，打算用羊奶喂豹孤儿。母羊名叫灰额头，年方四岁，正是羊的黄金岁月，长得膘肥体壮，羊奶鼓得就像快吹爆的气球，奶水绰绰有余。可当我将豹孤儿抱到灰额头腹下，灰额头耸动鼻翼，惊慌地"咩咩"叫起来，如临大敌，在院子里躲闪奔跑。哺乳动物都是靠鼻子思考的，灰额头的羊鼻子一定是闻到了豹孤儿身上那股食肉兽的腥味，本能地意识到我手里捧着的毛茸茸的小家伙，是它不共戴天的仇敌，避之唯恐不及。我在羊脖子上套一根绳索，把灰额头绑在石榴树上，强制性地让它喂奶，它浑身觳觫，四条羊腿打颤，紧张得好像

被牵进了屠宰场，一滴羊奶也分泌不出来。我没办法，只好使用手段，把那只溺死的小羊羔的皮剥下来，做了条羊皮坎肩，裹在豹孤儿的身上，又用羊粪在豹孤儿头尾和四肢仔细擦了一遍。当我再次把乔装打扮后的豹崽子送到灰额头身边时，灰额头先是用疑惑的眼光朝我手中半羊半豹的怪物看了又看，又用鼻吻在豹孤儿身上嗅了好一阵，脸上渐渐露出惊喜的表情，"咩——"，它兴奋地欢呼了一声，我赶紧将奶头塞进豹孤儿的嘴，"吱——"，饿极了的豹孤儿咂巴嘴唇使劲吮吸起来，洁白芬芳的羊奶流了出来，灰额头颌下那撮山羊须翘翘抖抖，羊脸浮现出一层圣洁的母性光辉。

灰额头算得上是一位称职的奶妈，豹崽和羊羔吃奶的习惯迥然不同，小羊羔出生两天后，就会自己钻到母羊肚子底下去吃奶，母羊只需后腿叉开，站着即可喂奶；豹崽比羊羔矮小得多，母豹是用躺卧的姿势来喂奶的；

灰额头面对够不着它奶头的豹孤儿，竟然改变了本身的习性，也像猪、狗、猫那样，侧躺着喂奶了。

半个多月后，豹孤儿睁开了眼，会在地上蹒跚爬行了；又过了一个月，它会在院子里奔跑跳跃了。它贪玩淘气，特别爱往高处跳，一会儿打碎了我窗台上的花盆，一会儿扑翻了我晾衣服的架子，我觉得小小的院子已容纳不下它了，就把它连同灰额头一起放回羊群去生活。

因为有灰额头陪伴，也因为有那条羊皮坎肩，众羊只是对长相很别致的豹孤儿好奇地围观了一番，便认同它有权留在羊群里。

豹羊同圈，天敌变朋友，堪称世界奇迹，我想。

每天早晨，豹孤儿像其他羊羔一样，跟在成年羊的后面，在牧羊狗阿甲的吆喝下，跑到草场去。每天傍晚，我羊鞭儿一甩，它又跟随羊群回到羊圈来。它的行

为模式很多方面都像羊,它会勾起脖子,和羊羔互相顶脑门玩,它会用舌头去舔成年羊的脖子,讨取一点长辈的宠爱,只要灰额头"咩咩咩"一叫唤,它立刻摇着尾巴奔到灰额头面前,用脸在灰额头胸脯间磨蹭撒娇,它的叫声似乎也受到了奶妈的影响,"噘——咩——噘——咩——",有点儿羊腔羊调了。只有一点和羊截然不同,它断奶后,拒绝与灰额头一起吃青草,非要我一天两顿喂它带荤腥的饭。

很快,豹孤儿长得几乎和成年羊一般大了。

一天下午,我把羊群带到戞洛山上去放牧,大羊们散落在树丛和岩石间,恬静地啃食着碧绿的青草。豹孤儿和一只名叫"一团雪"的小白羊你追我、我追你地打闹玩耍。一团雪摆出一副公羊打架的姿势,用才长出一寸来长的犄角去撞豹孤儿。豹孤儿顶牛的技巧不如一团雪,力气好像也不如一团雪,又处在斜坡的下方,地势很不利,被一团雪顶得跌了好几个跟斗。豹鼻子被羊角撞了一下,好像酸疼得厉害,它"噘咩噘咩"地叫着,不断用豹爪去揉自己的鼻子。一团雪高兴得忘乎所以,又冲上来在豹脖子上撞了一下,豹孤儿跌了个四爪朝天。一团雪乘胜追击,豹孤儿转身纵身一跃,跳到一块一米多高的石头上,又一蹿,蹿上两米多高的一棵山毛榉。一团雪追到树下,不断勾起前腿,身体直立,做出要继续干架的姿势来,"咩——咩——"地高叫着,意思好像在说:"你别逃到树上去哇,有胆的你下来,我们再脑袋顶着脑袋比试比试!"豹孤儿气愤地"噘咩"叫了一声,突然从树上扑了下来。森林里,金钱豹最拿手的狩猎方式就是爬到高高的树上去,在猎物从树下经过时,出其不意地从树上扑下来,用沉重的身体砸在猎物身上,把猎物压得半死不活,然后把猎物的脖子咬断。这是豹子的一种本能,虽然谁也没教过豹孤儿,豹孤儿

自己就会了。

豹孤儿正正落在一团雪的羊头上。可怜的小白羊，脖子一下子被拧断了，倒在地上，四肢抽搐，站不起来了。豹孤儿并不清楚发生了什么事，还勾起脖子用脑袋顶一团雪，想继续玩游戏哩。"咩"，一团雪发出一声垂死的哀叫，嘴角涌出一口血沫。豹孤儿惊恐地跳开去，旋即又小心翼翼走过来，伸出舌头舔舔一团雪的嘴。我猜想它的本意绝非是要去尝试羊血的滋味，而是要表示歉意，可当它的舌尖舔着血浆后，我看见，它那双刚才还忧伤黯然的豹眼，刹那间流光溢彩，"嗷咩"，它兴奋地叫了一声，好像无意中破译了生存的奥秘，无意中打开了一扇宝库的门。它沉睡着的食肉兽的本性被唤醒了，它压抑的兽性被释放了，它激动慌乱地趴在一团雪身上，吮吸着热乎乎的羊血。

"咩——咩——"，一团雪咧着嘴，已奄奄一息了。

羊们从四面八方涌过来,它们目睹了事情的全部经过,"咩——咩——咩——咩——",愤怒地朝豹孤儿叫着。豹孤儿好像聋了似的,不予理睬,仍埋头津津有味地舔食着羊血。有几只大公羊实在看不下去了,撅着犄角冲过来,想挑豹孤儿,豹孤儿一闪,躲开了,"嗷——",威风凛凛地吼了一声,龇牙咧嘴,做出一种典型的豹子扑食的姿势,它的嘴上还沾着羊血,完全是恶魔的形象,对羊来说。

几只大公羊色厉内荏地咩了两声,掉头跑掉了,整个羊群潮水般地往后退却。

这时,母羊灰额头飞快奔了过来,"咩——咩——咩",冲着豹孤儿急促地叫着。豹孤儿赶紧摇晃起那条长长的豹尾,收敛起凶神恶煞的模样,"嗷咩,嗷咩",恢复了羊羔的温顺与平和。"咩——咩——咩——咩",灰额头一面叫着,一面向右边山岬跑去,把豹孤儿带离那

棵山毛榉,带离还在垂死挣扎的一团雪。豹孤儿听话地跟在灰额头后面,但一面跑,一面留恋地扭头朝一团雪张望。

自从小白羊一团雪惨遭不幸后,母羊灰额头在羊群里的日子是越来越不好过了。无论大羊小羊公羊母羊,都对灰额头侧目而视,像躲避瘟疫似的躲着灰额头。走在路上,没有哪只羊愿意和灰额头结伴同行。在牧场吃草,再茂盛的草坡,只要灰额头一出现,其他羊便跑得干干净净。晚上进羊圈,所有的羊挤成一团互相取暖,唯独灰额头孤零零地被排斥在一个角落里。

只有豹孤儿忠心耿耿地陪伴在灰额头身边,但越是这样,灰额头在羊群里就越孤独,羊们对它就越仇视。

我想,在其他羊的眼里,灰额头是灾星,是元凶,是杀害小白羊一团雪的罪魁祸首,因为是它带来了这么一只非羊非豹的家伙！

　　灰额头好像也明白羊群之所以恐惧自己、躲避自己、仇恨自己的原因，它表现得十分矛盾。有时候，它会无缘无故朝豹孤儿发脾气，咩咩呵斥，用头把豹孤儿顶得四脚朝天，将豹孤儿从自己身边赶走；有时候，却又亲昵地舔着豹孤儿的额头，"咩——咩——"细声细气地叫唤，心肝宝贝般地呵护着它。有一次，豹孤儿用爪子拍死一只老鼠，叼在嘴里，颠颠地跑到灰额头面前去邀功，灰额头恶心得打了个响鼻，举起小铁锤似的羊蹄，狠狠一蹄，把豹孤儿踩得哇哇乱叫，灰额头仍不罢休，又追上去，狂踩乱踏，好像要把豹孤儿活活踩成肉酱。豹孤儿哀嚎着，在地上打滚，灰额头好像突然间后悔自己不该如此粗暴，跪卧下来，羊脸在豹脸上摩挲着，温柔地咩叫着，神情显得十分伤感。

　　阳春三月，是山羊的发情季节，无论是在山上还是

在羊圈里,激情澎湃的公羊到处追逐着母羊,灰额头在我放牧的羊群里,臀肥毛亮,算得上是个"美人",去年这个时候,好几头大公羊为争夺它的芳心打得头破血流,可现在,羊依旧,情缘绝,没有一头大公羊跑来找它谈情说爱。它放下矜持,主动向头羊二肉髯示好,眉目传情,暗送秋波。可二肉髯好像突然变成了一只坐怀不乱的和尚羊,理也不理它。

灰额头就像一朵缺少雨露阳光的花一样,很快就憔悴了。它整天无精打采,到了牧场,默默地埋头吃草,然后找个僻静的角落,躺到太阳落山。

那天傍晚,我把羊群赶回羊圈,灰额头和豹孤儿落在羊群的后头,当羊群全部进了羊圈后,它俩才姗姗地来到栅栏门口,就在这时,头羊二肉髯突然率领四只大公羊,在栅栏门口一字儿排开,把门堵得严严实实,不让灰额头进去。灰额头往里挤撞着,用胸脯推搡着,企

图冲出个缺口好钻进圈去,二肉髯闷着脑袋,用羊角抵在灰额头的颌下奋力一挑,灰额头被挑得摔倒在地,脖颈上好像还被划破了一个小口。灰额头卧在地上,伤心地咩咩叫着。我正想上前干涉,跟在灰额头身后的豹孤儿先我一步,"噢"地怒吼一声,扑过去,狠狠一爪子捆在二肉髯的羊脸上。金钱豹的爪子长约一寸,尖锐如匕首,豹孤儿虽然还是只半大的幼豹,但为母报仇,情绪激昂,力气增大了许多,这一击快如闪电,气势凌厉,一下就把二肉髯扫倒在地,羊鼻也被抓破了,汪汪流出血来。豹孤儿似乎对羊血鲜红的颜色和甜腥味尤其敏感,视线一落到二肉髯被抓破的鼻子上,两只豹眼便熠熠闪亮,尾巴生气勃勃地竖得笔直,舌头贪婪地伸了出来,"噢——",兴奋地叫了一声,跳过去,身体盖在二肉髯身上,眼神变得痴迷而又癫狂,就要去吮吸二肉髯脸上的羊血。二肉髯惊恐万状地咩叫起来。我赶紧一把揪住豹孤儿的后颈皮,把它从二肉髻身上拖下来。二肉髻已吓得魂飞魄散,从地上翻爬起来后,从栅栏门冲了出去,夺路而逃。头羊的行为是有示范作用的,羊群呼啦一声都逃出羊圈。豹孤儿雄赳赳、气昂昂地带着灰额头走进羊圈去。

天快黑了,任凭我怎么吆喝,任凭牧羊狗阿甲如何吠叫,羊群赖在村外的小河旁,再也不肯归圈。我没办法,只好将灰额头和豹孤儿牵出羊圈,拉进我的院子。羊群目睹它俩离开,这才跟着惊魂甫定的二肉髻进到羊圈里去。

那天夜里,灰额头在院子里凄凉地"咩——咩——"叫了整整一夜。

翌日,我把羊群赶到百丈崖上放牧。朝阳从对面的山峰背后冉冉升起,红彤彤的就像一只大火球。灰额头独自登上悬崖,扬起脖子,"咩——咩——",发出一种

呼叫声。声调优雅柔和，是母羊在深情地呼唤羊羔。正在一块岩石背后捉老鼠的豹孤儿听到叫声后，飞快奔到百丈崖上，扑到灰额头的怀里，交颈厮磨，互相舔吻，一幅动人的母子亲情图。

就在这时，发生了我做梦也想象不到的事。灰额头转到悬崖里侧，脑袋顶在豹孤儿的背上，好像要亲昵地给豹孤儿梳理皮毛，可突然间，灰额头后腿一挺，用力向豹孤儿腰间撞去。豹孤儿站在悬崖外侧，离峭壁只有一尺之遥，没任何心理准备，冷不丁被猛烈一撞，跌倒在地，朝悬崖外滚去，它"噉咩"地尖叫一声，突然从我的视线里消失了。好一阵，山谷下面传来轰然坠地的声响。

灰额头伫立在悬崖边缘，出神地眺望山谷对面云遮雾罩的山峰，凝望那轮红得像血似的朝阳，纹丝不动，远远望去就像一尊塑像。

我惊得目瞪口呆，不知该怎么办才好。

这时，头羊二肉髯率领羊群爬上悬崖，慢慢朝灰额头走去。"咩——咩——"，二肉髯一面走一面发出高亢的叫声，它走到灰额头面前，用脸去摩挲灰额头的脖颈，表达赞许和嘉奖。许多公羊和母羊也都热情地围上去，"咩咩"地柔声叫着，表示欢迎灰额头回到羊群温暖的大家庭里来。

当二肉髯那张喜滋滋的羊脸触碰到灰额头脖颈的一瞬间，灰额头浑身颤抖了一下，如梦初醒般地望着二肉髯，脸上浮现出一种惊悸骇然的表情，它长咩了一声，突然，纵身一跃，朝悬崖外跳去⋯⋯

我想，灰额头作为羊，与生俱来就有一种对豹子的仇恨情结，可作为奶妈，又在哺乳过程中产生了无法割舍的母性情怀；这两种情感互相对立，水火不能相容，所以它才会先将豹孤儿撞下悬崖，然后自己再跳崖自尽的。

③ 母熊大白掌

MUXIONG DABAIZHANG

老猎人亢浪隆在山林里闯荡了几十年，和飞禽走兽打了大半辈子交道，经验丰富，枪法又准，再加上他养的那条大黑狗机灵凶猛，所以只要进得山去，极少有空手回来的时候。当地猎人有个习惯，凡打了飞禽，就拔下一根最鲜亮的羽毛，粘在枪把上；凡猎到走兽，就剁下头颅，风干后挂在墙壁上。他的那支老式火药枪上密密麻麻粘满了各种色彩的羽毛，活像一只怪鸟。他竹楼的四面墙上挂满了各种各样野兽的脑袋，好像在开兽头博览会。亢浪隆长着一张国字型的脸，浓眉大眼，微微上翘的下巴衬托着一只挺拔的鼻子，显得刚毅剽悍，气宇轩昂。但人不可貌相，这家伙虽然长得威武，但心眼和他高大的身体形成强烈反差，气量小得让人无法忍受，是个一毛不拔的铁公鸡。除了寨子里组织的集体狩猎外，他从不肯带人一起进山打猎，因为按照当地的习俗，只要是一起出去打猎的，无论是谁发现和打死了猎物，见者有份，他生怕别人占了他的便宜。

可这天黄昏，亢浪隆却肩扛着五彩缤纷怪鸟似的火药枪，牵着他的大黑狗，带着我这个猎场上的新兵，涉过湍急的流沙河，走进了密不透风的原始森林。

他是被我逼得没办法才带我一起去打猎的。

一个小时前，我和亢浪隆泡在流沙河的浅水湾里洗澡。当地的风俗，男的在上游洗，女的在下游洗，相隔约二十米。恰好有几个姑娘也在河里洗澡，嘻嘻哈哈的

笑声直往我耳朵里灌。我的眼睛无法直视,又害怕亢浪隆笑话我,只好朝姑娘们瞥一眼,立刻又把眼光跳开,跳到对岸的香蕉林,装作观赏风景的样子。突然,我看见青翠的香蕉树丛里钻出一个黑乎乎的大家伙来,粗壮的身体,直立的姿势,乍一看,像个黑皮肤的相扑运动员。我赶紧用手背抹去挂在睫毛上的水珠,这回看仔细了,圆得像大南瓜似的脑袋,尖尖的嘴吻,一双小眼珠子,是头狗熊!这时,从大狗熊的背后又吱溜钻出一只毛茸茸的小狗熊来,只有半米来高,蹒跚地朝河边走去,大概是嘴渴了,想喝水呢。大母熊急忙伸出右爪,做了个类似招手的姿势,小熊崽马上回到母熊身边,母熊立刻扯下几片宽大的香蕉叶,遮住它和小熊的身体,我便什么也看不见了。显然,母熊发现有人在对岸洗澡,退回到密林里去了。可我已经看见它了,更重要的是,我看见母熊伸出来的那只右爪和身上其他地方的毛色截然不同,是白色的,就像黑皮肤的人有一口洁白的牙齿一样醒目。熊掌本来就是名贵的山珍,在熊的四只爪掌里,又属右掌最值钱。因为熊习惯用右掌掏蜂蜜、采蘑菇掘、竹笋,还习惯用黏糊糊的唾液舔右掌,右掌等于长期浸泡在营养液里,肉垫厚实,肥嘟嘟地像握着一只大馒头。在所有的熊掌里,又数白掌最为珍奇,被视为稀世珍宝;当地猎人中流传这样一句顺口溜:"黑狗熊,白右掌,金子落在鼻梁上。"一百只狗熊里,也找不出一只白右掌来,物以稀为贵,所以显得特别金贵,一只白右掌可以换两头三岁牙口的牯子牛。我很兴奋,我想,和我一起洗澡的亢浪隆也一定看见母熊大白掌了。他是个老猎人,比我更懂得白右掌的价值,肯定会像看见路上有只大钱包似的满脸喜色。可我偏过脸一看,出乎我的意料,亢浪隆脸上平静得没有任何波澜,微闭着眼,哼哼唧唧,好像洗澡洗得挺忘情的。我不是傻瓜,

我立刻明白这个老家伙肚子里在打小九九，以为我没发现母熊大白掌，不动声色，瞒天过海，想甩开我，独吞那只大白掌。果然，他连肥皂也忘了擦，泡了几分钟后，就上岸穿衣服了。我可不是一盏省油的灯，我微笑着来了一句：

"我也看见白的东西了，别忘了见者有份哦。"

"姑娘的大腿很白，"他揶揄道，"我也不要见者有份了，让你独自看个饱吧。"

"那白的东西，不是大腿，是右前掌。"

"你的眼睛像蚂蟥一样叮在姑娘身上，一座山掉在你面前，怕你也看不见。"

"那好，我告诉村主任去，让他赶快派人到对岸去搜索。"

亢浪隆用狐疑的眼光在我脸上审视了半晌，见我腰杆挺得像槟榔树一样直，不像说谎的样子，只好悲惨地叹了口气说:"算你运气,跟我回家拿枪去吧。记住,白右掌归我,黑左掌归你,其余的平分。你连枪都不会打,已经够便宜你了。"

虽说是个不平等条约,但总比一点好处也捞不到要强。我是个刚从上海到云南来插队落户的知青,一个最蹩脚的猎人,既没有猎狗,也没有猎枪,只有一把长刀,若让我单独进山,别说猎熊,恐怕连只麻雀也打不到的。没办法,我只好屈服于亢浪隆的"强权政治"。

我们一到对岸的香蕉林,就看见湿软的泥地里嵌着两行大脚印,有脚趾,也有脚掌,极像人的脚印,当然要比人的脚印大得多,穿鞋的话,大概要穿六十码的特大号。有脚印指引,又有大黑狗带路,我们很快在山脚下追上了母熊大白掌和那只小熊崽。大黑狗吠叫着,闪电般追了上去。母熊大白掌沿着一条被泥石流冲出来的山沟向山垭逃去。很明显,它是想翻过山垭逃进密不透

风的大黑山热带雨林去。母熊大白掌和人差不多高,胖得像只柏油桶,怕有半吨重了,但爬起山来却异常灵巧;小熊崽年幼力弱,稍陡一点儿的地段,就爬不上去,"噘噘"叫着,母熊大白掌只得回转身来,站在上面叼住小熊仔的后脖颈,像起重机一样把小熊崽提上去。这当然严重影响了它们的奔逃速度,几分钟后,大黑狗就咬住了小熊崽的一条后腿,小熊崽喊爹哭娘地叫起来。母熊大白掌吼叫着,转身来救小熊崽,撩起那只大白掌,就朝大黑狗掴去。别说猎狗了,就是孟加拉虎,被狗熊用力掴一掌,掴在嘴上,也会变成歪嘴虎,掴在脖子上,也会变成歪脖子虎;假如大黑狗被母熊大白掌掴个正着,亢浪隆就准备吃清炖狗肉吧。亢浪隆不愧是个经验丰富的老猎人,立刻端起枪来,朝母熊大白掌开了一枪。他是在奔跑途中突然停下来开枪的,气喘心跳,很难打准,再说这种老式火药枪灌的是铁砂,学名叫霰弹,也就是说从枪管里射出去的不是一颗子弹,而是一群子弹,呈锥形朝猎物罩过去的,母熊大白掌和大黑狗一上一下离得很近,他也怕误伤了自己的大黑狗,所以枪口抬高了几寸。只听"轰"的一声巨响,一团灼热的火焰飞出去,我看见,母熊大白掌像被一把无形的理发剪快速理了个发,头顶竖直的毛"唰"地一下没有了,仿佛是理了半个奇形怪状的光头,露出烧焦的毛茬和发青的头皮。可能还有一两粒小铁砂钻进了它的耳朵,流出两股红丝线般的血。它被巨响声震住了,愣了愣,那只极厉害的大白掌停在半空,没能继续掴下去。大黑狗趁机用力一扯,把小熊崽从山坡上拉下十几米来。母熊大白掌低沉地吼叫着,望望坡下被大黑狗缠住的小熊崽,又望望还差几米就可到达的山垭,犹豫着。看得出来,它心里矛盾极了,想从坡上冲下来救小熊崽,又怕会闪电喷火的猎枪再次朝它射击,非但救不出小熊崽,还会把

自己的性命也搭进去。

其实,这时候母熊大白掌要是不顾一切地冲下坡来,不但能救出小熊崽,还能把亢浪隆和我吓得屁滚尿流。亢浪隆用的是每次只能打一枪的单发猎枪,且不是使用那种现成的子弹,而是往枪管里装填火药,还必须填一层火药盖一层铁砂,要重叠好几层,才有威力。火药装在葫芦里,挂在他的腰带后面,铁砂放在麂皮小口袋里,挂在腰带前面,装填一次火药工序繁杂,要一长套组合动作,最快也要三五分钟。这点时间,足够大白掌捆断大黑狗的脊梁,救出小熊崽,然后领着小熊崽翻过山垭扬长而去了。亢浪隆一面手忙脚乱地往枪管里塞火药铁砂,一面"嗷嚓嗷嚓"地抻直脖子叫嚷,他叫得很用力,脖子上青筋暴起,像爬着好几条大蚯蚓。我第一次经历如此怪异的狩猎场面,看得目瞪口呆。亢浪隆抽了我一个脖儿拐,骂道:"发酒瘟的,你是根木头呀?

别傻站着了,快,用力跳,用力叫!"我惊醒过来,也顾不得姿势是丑是美,拔出明晃晃的猎刀,高举双手,像蛤蟆似的一个劲蹦跶,"嗷嗬嗷嗬"地叫起来。兀浪隆又在我屁股上赏了一脚:"发情的蚂蚱都比你跳得高,叫春的猫都比你叫得响,你是三天没吃饭了还是怎么着?"我只好由蛤蟆变成袋鼠,张牙舞爪,鬼哭狼嚎起来。这有点儿像动物与动物在对决前向对方炫耀自己的威武,一种纯粹的恐吓战术。别说,还真灵呢,母熊大白掌胆怯地望望我,一转身往坡上窜去,很快就翻过山垭,消失在一片葱绿的树林里。

我们生擒了小熊崽,用一根细铁链拴住它的脖子,牵着走。小家伙出生才两三个月,还没断奶,小鼻子小眼睛小耳朵,像只玩具熊,蛮可爱的。它一条后腿被狗牙咬破了,但伤得并不厉害。它很害怕,人一走近,便浑身发抖,缩成一团。我掘了一支竹笋喂它,它也不

吃，一个劲地呜咽，大概是在叫唤它的妈妈吧。

"可惜，让母熊大白掌跑掉了，"我说，"今天怕是逮不着它了。"

"你懂个屁，小熊崽在我们手里，就等于捏住了母熊大白掌的半条性命。哦，我教你怎么才能猎到母熊大白掌。"

亢浪隆带着我来到一座陡峭的小山前，围着小山勘察了一圈，很满意地咂咂嘴说："这地方不错，嘿，母熊大白掌逃不脱喽。"

这是一座高约一百米的孤零零的小石山，四面都是半风化的花岗岩，山上没有树，石缝间偶尔长着一两丛荆棘。与四周郁郁葱葱连绵起伏的大山相比，这座小石山就像一个被遗弃的孤儿。山势极陡，有一面是垂直的绝壁，其余三面也都是七十五度以上的陡坡，别说人了，就是善于在悬崖峭壁上攀缘的岩羊，也休想爬得上去。小石山四周约一百米的范围里，几乎没有树，只有一些低矮的灌木和荒草。

亢浪隆走到绝壁下，站定了，吩咐我把前面的几丛灌木和荒草都砍倒，这样，从绝壁到树林间便形成了百米长的开阔地。然后，亢浪隆砍了一棵碗口粗的小树，削去枝丫，在绝壁前栽了一棵结实的木桩，把小熊崽用铁链子拴牢在木桩上。

这时，太阳落下山峰，暮霭沉沉，归鸟在林中聒噪。天快黑下来了，亢浪隆在绝壁下找了个石窝，在石窝里垫了一层树叶，让我和他一起躺在石窝里，把灌满火药和铁砂的猎枪搁在石头上。我不得不佩服亢浪隆善于利用地形，这是狙击猎物最理想的位置，居高临下，视野开阔，无论母熊大白掌从左中右哪一侧出现，都逃不脱阴森森的枪口。更重要的是，我们背靠着陡峭的小石山，不用担心大白掌绕到背后来袭击我们，而

前面那片百米长的开阔地,也保证我们能及时发现任何动静。再说,还有大黑狗在开阔地里随时为我们报警呢。

天还没有黑透,银盘般的月亮就挂上了树梢,能见度很高,别说一头大狗熊了,即使一只松鼠跳到开阔地来,我们也能看得清清楚楚。

我想,这片开阔地就是母熊大白掌的葬身之地,当然,首先得有个前提,就是大白掌要进入这片开阔地。它真能来吗?它要不来的话,我们就成了守株待兔的傻瓜了。我忍不住说了一句:"母熊大白掌说不定早逃远了呢。"

"不会的。"亢浪隆说得十分肯定,"吃奶的幼崽,好比一根剪不断的绳索,拴着母兽的心,你把幼崽带到天涯海角,母兽都会跟到天涯海角的。"

"这里有猎狗看守,还有人和猎枪,它敢靠近吗?"

"刀山火海，龙潭虎穴，它都会来闯一闯的。"

果然被亢浪隆言中了。当月亮升到半空时，开阔地外的树林里传来母熊大白掌"噉噉"的吼叫声，大黑狗在开阔地和树林的交界处狂吠不已，小熊崽"呦呦"呼应着，想回到妈妈身边去，把铁链子拉得"哗哗"响。

"小熊崽饿了，在向母熊讨奶吃，母熊大白掌很快就会出现的。"亢浪隆端起枪来，压低声音对我说。

树林里闪过一个黑影，一晃，又不见了。大黑狗一会儿从开阔地的东端跑到西端，一会儿又从西端跑到东端，凶猛地叫着，很明显，母熊大白掌正焦急地在树林里徘徊，寻找可以安全接近小熊崽的路线。

机敏的大黑狗，把母熊大白掌的行踪和企图及时通报给我们了。

大黑狗在开阔地和树林的交接地带跑了几个来回后，突然停在西端的两棵合欢树前，叫声向纵深延伸，

蠢蠢欲动，似乎想冲进树林去。亢浪隆顾不得会暴露自己的狙击位置，从石窝里站起来，高声叫道：

"大黑，回来。大黑，快回来！"

平时，大黑狗最听亢浪隆的话，只要亢浪隆一叫，会立刻摇着尾巴跑到亢浪隆身边来。但这一次，不知怎么搞的，它听到叫声后，只是回头朝我们望了一眼，"汪汪汪"，送来一串圆润的吠叫声，似乎在对我们说，主人，等我把这头愚蠢的狗熊收拾掉，再回到你身边来领赏！

大黑狗倏地窜进树丛去。

"糟糕，大黑狗完了！"亢浪隆跺着脚说。

他的话音刚落，树林里狗的吠叫戛然而止，随即响起像是刮擦玻璃一样难听的尖嚎声，我听得浑身起鸡皮疙瘩。尖嚎声由远而近，突然，树丛里钻出个高高大大的黑影，直立着向绝壁下的小熊崽走去。毫无疑问，是

母熊大白掌。亢浪隆举起了枪,还没瞄准,就又把枪放下了。我们听见,狗的尖嚎声似乎跟着母熊大白掌在移动。再仔细一看,母熊大白掌两只前爪合拢,怀里有一条东西在挣扎。等母熊大白掌再走近几步,我们终于看清楚了,被它抱在怀里的就是亢浪隆的宝贝大黑狗,熊爪大概掐住了大黑狗的脖子,使它的叫声变得尖细凄厉。

我没看到母熊大白掌是怎么捉住大黑狗的,一般来说,狗比熊灵巧得多,是不大可能会被熊捉住的。也许,母熊大白掌用装死的办法引诱大黑狗来到身边,出其不意地一掌把大黑狗打翻在地;也许,母熊大白掌假装爬树逃跑,大黑狗追到树下仰头吠咬,它突然松手,像网一样罩住了大黑狗。

母熊大白掌把大黑狗搂在怀里,就像穿了一件质量很高的防弹衣,又像是押了个"人质",不,准确地说应该是"狗质",迫使亢浪隆不敢开枪。一条好猎狗价钱昂贵,再说,从小养大的猎狗和主人之间还有很难割舍的感情。

在我的印象里,熊是一种很笨的动物,我们平常骂人:"你怎么笨得像狗熊!"事实上,熊的智商不比其他哺乳动物低。这头母熊知道把小熊崽拴在木桩上是个引诱它上钩的圈套,也知道狗是站在人一边的,是它的敌人。如果它会运用成语的话,肯定会说狗和人是"一丘之貉"。它还知道,一旦走进没有树丛可以隐藏的开阔地,可怕的猎枪就会朝它射击,可出于一种母爱本能,它又必须穿过开阔地给小熊崽喂奶,如果可能的话,还要把小熊崽救出囹圄。它是被逼急了,灵机一动,想出个抱着大黑狗走进开阔地来的绝招。

母熊大白掌很快走到木桩跟前,小熊崽"呜噜呜噜"发出亲昵的叫声,朝母熊的怀里钻来。木桩四周无遮无

拦,月光如昼,离我们埋伏的石窝仅有二十米远,一举一动都逃不过我们的眼睛。大黑狗还在挣扎,狗嘴咬不到,就用爪子在母熊身上拼命撕扯,但犬科动物的爪子比起猫科动物来,要逊色得多,既不够长,也不够锋利;熊皮厚韧,熊平时又喜欢在树干上蹭痒,遍体涂着一层树脂,狗爪抓上去,等于一把老头乐在搔痒。母熊大白掌大概急着要喂奶,就把大黑狗塞到自己的屁股底下,像坐板凳似的坐着,然后,把小熊崽搂进怀里;小熊崽咂巴着母熊的奶头,吃得又香又甜;大黑狗在母熊的屁股底下哀叫着。

狗熊遇敌有三招,一是用熊掌掴,二是用大嘴咬,三是用屁股碾。三招中,数屁股碾最厉害,熊身体重如磐石,熊屁股大如磨盘,人或中等兽类一旦不幸被熊坐到屁股底下,就是一把不结实的板凳,哗啦就会散了骨架,再被熊屁股像石磨似的一碾,便会碾成一块薄薄的肉饼。

大黑狗虽然被闷在母熊大白掌的屁股底下,却还在叫唤,显然母熊还舍不得它死,没用力往下坐。

大黑狗的叫声,搅得亢浪隆心烦意乱,几次举枪欲射,都害怕误伤自己宠爱的猎狗,叹一口气又把枪放下了。

过了一会,母熊大白掌喂完了奶,重新像抱婴儿似的把大黑狗搂进怀,腾出那只白色的右掌,去扯小熊崽脖子上的细铁链,"哗啦哗啦",铁链抖动的声音在寂静的夜显得格外响亮。熊虽然力大无穷,但要拉断铁链却也不是那么容易的,扯了几下,没能扯断,又改用牙咬。铁链可不像松脆的炒豆那么容易嚼烂,"咯嘣咯嘣",听得出来,它咬得很卖劲,说不定牙齿也崩断了几颗,但还是没能把铁链咬断。倒是小熊崽的脖子被细铁链勒疼了,剧烈地咳嗽起来。

母熊大白掌在木桩前呆呆地坐了几分钟,突然抱着大黑狗走过去,先用那只大白掌推了推,然后用身体猛烈冲撞木桩,"咚咚咚",声音恐怖得就像在撞地狱的门。木桩虽然埋得很深,但小石山下的土质有点松软,木桩毕竟是木桩,没有根扎在土里,被母熊大白掌庞大的身体连撞了几下,就开始松动,像醉汉似的歪过来歪过去。它又用那只大白掌搂着碗口粗的木桩,像拔萝卜一样要把木桩从土里拔出来。

假如再不设法制止的话,母熊大白掌很快就会如愿以偿,把木桩推倒拔起,然后把木桩连同小熊崽和大黑狗一起带进树林。

亢浪隆忍无可忍,举起枪来扣动了扳机。一团橘红色的火焰划破夜空,窜向木桩。正在拔木桩的母熊大白掌像被一只巨手当胸推了一把,搂在怀里的大黑狗掉落下来。它踉踉跄跄后退了好几步,一屁股坐在地上。它艰难地翻过身去,发出可怕的怒吼声,离开木桩,朝树林退去。

亢浪隆急急忙忙装好火药铁砂,想再次朝母熊大白掌射击,但已来不及了,它已穿过开阔地,隐没在黑黢黢的树林里。

我和亢浪隆跃出石窝,奔到木桩下一看,大黑狗身体被铁砂马蜂窝似的钻了十几个洞,倒在血泊里,已经咽气了。小熊崽离得远,没受什么伤。再看地上,有一块块颜色很深的斑点,一直向树林延伸,用手一摸,湿漉漉、黏糊糊的,凑近一看,颜色很红,哦,是熊血。看来,母熊大白掌受的伤也不轻,亢浪隆的那支猎枪虽然老,杀伤力却很大,要不是大黑狗替它挡住了大部分铁砂,它此刻一定躺在木桩前动弹不了了。

亢浪隆小心翼翼地从地上抱起大黑狗,轻轻地捋平它背上凌乱的狗毛,用颤抖的声音说:"老子今天不把那

只大白掌砍下来，我就是猪！"我看见他在说这句话时，眼睛里泛着一层晶莹的光。一个猎人，失去了一条好猎狗，当然是很伤心的，再说又是被胁迫着用自己的猎枪误杀了自己的猎狗，除了伤心之外，更添了一层愤慨。

"等到天亮，我们可以顺着血迹去找大白掌。"我说。

"林子这么密，没有狗带路，你怎么找呀？它要是过一条河，你就是浑身长满眼睛也看不到血迹了！"亢浪隆断然否决了我的提议，"我要把它再叫回来。"

"它受了伤，吃了亏，怕不会再来了。"

"我亢浪隆打了那么多年的猎，我有办法叫它来的。"他说着，取出我们随身带着的一只小塑料桶，到旁边一条小溪接了半盆水，又取出我们准备野炊用的一坨盐巴，用石头捣碎了，撒进盆里，用一根小树枝不停地搅拌。

我不知道他要干什么，像被装进了闷葫芦，站着发呆。

"你是来跟我一起打猎的，不是来看热闹的。"

"我……我不知道该干啥。"

"来，拿着。"亢浪隆解下腰上的皮带塞在我手里，"给我往小熊崽身上抽！"

"这……你这是要干吗？"

"让它哭，让它叫，让它嚎，把母熊引出来。"

我机械地举起皮带，往小熊崽身上抽去。小熊崽哇哇乱叫，绕着木桩躲避，但铁链子的长度有限，绕了两三圈，便被固定在木桩上不能动弹了。我一皮带抽过去，它竟用两条前肢抱住头，靠在木桩上，"咿咿呜呜"地发抖。那副模样，极像一个被冤枉的孩子在遭受后娘的毒打。我实在有点不忍心再打下去，可又不敢违背亢浪隆的意志，便将皮带慢举轻抽，并尽量往小熊崽的屁股打，敷衍亢浪隆。

"你是在给它拍灰还是在给它搔痒?"亢浪隆将调好的盐水搁在一旁,一把夺过我手中的皮带,劈头盖脸朝小熊崽抽过去,如狂风暴雨,如霹雳闪电,直抽得小熊崽哭爹喊娘,发出尖厉的嚎叫。

不一会,小熊仔身上便遍体鳞伤,鲜血淋漓。

亢浪隆收起皮带,扎在腰上,端起那盆盐水,像过泼水节似的,一抖手腕,"哗"的一声,一股脑儿泼到小熊崽身上。就像冷水滴进沸腾的油锅,小熊崽立刻爆响起撕心裂肺的长嚎。

我上下牙齿开始"咯咯咯"地打战,浑身打哆嗦。不难想象,还在滴血的伤口被盐水一浇是什么滋味,我觉得用万箭钻心、火烧火燎来形容一点也不过分,我觉得这种残忍的刑罚比起坐老虎凳、灌辣椒水、钉竹签子和搔脚底板来,有过之而无不及。

小熊崽凄厉的长嚎划破夜空,在寂静的山野传得很远很远。

那恐怖的哀嚎声把附近一棵古榕上的乌鸦都惊醒了，在夜空乱飞乱撞，有好几只在摸黑飞行中被树枝撞断了翅膀，垂直跌落下来。

"快，我们回石窝去，大白掌很快就会出现的。"亢浪隆一手提枪，一手拉着我跑回石窝。

我卧在冰凉的石窝里，颤抖得更厉害。

"又不是打你的娃儿，你心疼个屁！"亢浪隆显然发现了我的身体在抖，就用讥诮的口吻说。

"我……我觉得它那么小，这……这实在有点儿太过分了。"

"你是说我很残忍，对吗？"

"……"

"大白掌把我的大黑狗弄死了，就不残忍了吗？"

"是你先放狗咬伤并捉住了小熊崽，是你把小熊崽拴

在木桩上引诱母熊大白掌钻进你的圈套,是你朝母熊大白掌开枪误杀了阿黑,是你挑起了事端,是你制造了血案,你还好意思说母熊大白掌残忍?"

当然,这番话我只是在心里说说而已,我是人,我不能站在动物的立场上说话,好像也不应该用对待人的平等态度来对待动物。大家都习惯了这样的事实:人有权随心所欲地猎杀动物,而动物是不能用同样的手段来报复人的,不然的话,动物就是残忍,就犯了死罪。

"打猎嘛,本来就是你死我活的。"亢浪隆见我保持沉默,便用委婉的口气继续说,"你拿着刀拿着枪,不就是要杀戮,要见血吗?我看你长着一副婆娘心肠,就不该来学打猎。"

"我……我……我觉得小熊崽还太小,再说……再说母熊大白掌未必会上当。"

"它会来的。"亢浪隆说得异常肯定,"好比有个娃儿快死了，拍加急电报给阿妈，阿妈会不来吗？"

小熊崽一声比一声嚎得凶，嚎得急，嚎得凄惨，那叫声钻进母熊大白掌的耳朵，一定就像收到了爱子垂危的加急电报，它只要还有一口气，它就一定会来的，我想。亢浪隆不愧是位狩猎高手，熟识母性的弱点。

我睁大眼睛，注意观察开阔地外树林里的动静。

左等右等，月亮沉下山峰，启明星升起来了，母熊大白掌还没出现。

小熊崽的嗓子叫哑了，但哀嚎声仍绵绵不绝。

天边出现了一抹玫瑰色的朝霞，金色的阳光从树冠上漏下来，驱散了残夜。

"母熊大白掌肯定已经死了，白等了一夜。"亢浪隆懊恼地说。

我想也是，不然的话，这里不可能这么太平。

我在小小的石窝待了大半夜，四肢发麻，脖颈酸

疼，眼睛发涩，难受极了，便翻爬起来，跳出石窝，到开阔地活动活动身体。亢浪隆长时间躺卧着，也不舒服了，就把猎枪搁在石窝里，跑向小溪，想掬把清凉凉的山泉水洗个脸。

小熊崽仍然用嘶哑的嗓子高一声低一声地叫唤着。

晨鸟啁啾，雾岚缥缈，景色宜人。

我们刚刚离开石窝，突然，"嗷——"，山谷爆响起一声低沉的熊吼。这叫声一听就知道不是平面扩散开来的，也就是说不是从开阔地外的树林里传来的，而是自上而下传播开来的，或者说从天空罩落下来的。我和亢浪隆赶紧抬头去看，只见一个黑色的物体正从小石山顶上坠落下来，像只巨大的黑色的怪鸟，向大地俯冲下来；一眨眼的工夫，黑色的物体就准准地落在我们躺卧了整整一夜的石窝里；"轰"的一声巨响，我感觉到大地都微微颤抖了。

躺在我们石窝里的是母熊大白掌!

它的下半个身体已被砸得稀烂,血肉横飞,岩壁和四周的地上,都溅满了碎肉和污血。它砸落在石窝的一瞬间就气绝身亡了,但那只圆圆的脑袋和那张尖尖的嘴还完好无损,两只褐黄色的眼珠还瞪得贼圆,凝望着石窝下绑在木桩上的小熊崽,一副死不瞑目的神态。它的那只粗壮的右前肢,大约是肱骨折断了,从背后往上翘起。那只十分罕见的白爪子,掌面向上摊开,像是在向苍天乞求着什么(不会是在乞求生命的公平吧?)。有正常人手两倍大的那只白熊掌中间,凸隆起一块紫色的肉垫,像握着一个用血蒸出来的馒头。

它生了一只奇异的白熊掌,那只白熊掌却要了它的命。

亢浪隆脸上像刷了一层石灰似的发白,头上沁出一层豆大的冷汗,呆呆地站在石窝边,望着母熊大白掌,

嘴唇翕动着,却说不出一句话来。

我也背脊冷飕飕的,头皮发麻,手心冒汗。

我搁在石窝里的长刀,亢浪隆的猎枪,还有我们的背囊,全给母熊大白掌砸得粉碎。好险哪,只要再迟几秒钟离开石窝,亢浪隆和我就被从天而降的母熊大白掌砸成肉饼了。

"它……它怎么可能爬到山顶上去?"亢浪隆搔着后脑勺,困惑地说。

我抬头望望一百多米高的小石山顶,也有同感。小石山孤零零地耸立在平地上,不可能绕道上去;狗熊不长翅膀,也不可能飞上去;狗熊虽说是爬树的高手,但小石山山势如此陡峭,连岩羊都望而生畏,它又负着伤,怎么可能上得去呢?

我和亢浪隆绕到小石山背后,青灰色的岩壁上,从山脚到山顶,涂着一条血痕,宽约两尺,在阳光的照耀下,就像一条红绸带,披挂在岩壁上。特别陡峭的地方,血迹也特别浓,特别大,仿佛是长长的红绸带中间打了几个漂亮的花结。

恍然间,我仿佛看到了这样一组镜头:

——小熊崽遭到毒打的声音,小熊崽在身上的伤口被盐水泼湿后发出的凄厉的哀嚎声,传到了母熊大白掌的耳朵,好似一把尖刀在剜它的心;

——它晓得,它若从树林跑进无遮无拦的开阔地,立刻就会成为猎枪的活靶子,不但救不了小熊崽,自己也会白白送掉性命;

——它是母亲,它不可能眼睁睁看着自己的孩子被囚禁,遭毒打,受残害而无动于衷,它急得在树林里团团转,寻找可以解救自己宝贝的途径;

——它绕到小石山的背后,那儿的山坡虽然也十分险峻,但不是笔直的悬崖,要是在平时,它想都不敢想

要从这么陡的山坡爬上去,但现在,除了这条险象环生的路,它找不到第二条可以向万恶的猎人报仇并救出小熊仔的路来;

——只要有一线希望能救出小熊崽,哪怕是刀山火海,它也要闯一闯;

——它用尖利的熊爪抠住粗糙的岩石,一点一点往上爬,胸部和腹部的伤口本来已凝住了,这样一运动,血痂重新被撕开,渗出殷殷血水,染红了它爬过的石头和野草;

——爬到半山腰,一段两丈高的山坡突然找不到斜面了,陡得连山鹰都无法在上面栖息,是名副其实的绝壁。它连爬几次,都又无可奈何地滑落到原来位置,它已筋疲力尽,差不多要绝望了;

——它一停下来,小熊崽撕心裂肺的嚎叫就像针一样扎进它的心,像火一样炙烤它的灵魂,它的心坎里又

燃起旺盛的复仇火焰,身上平添了一股力量;

——它又失败了几次,伤口流出来的血一遍一遍涂抹在绝壁上,血泡醒了山神,连绝壁也受到了感动,终于,让它越过了险关;

——它的血流得太多,它爬得比蜗牛还慢,它咬紧牙关,一寸一寸地向山顶攀登;

——太阳从青翠的山峰背后伸出头来,太阳用自己的光和热孕育了这个世界,它最得意的杰作就是用两足直立行走的人,但此时此刻,太阳为自己的杰作——人羞红了脸;

——母熊大白掌的血快流尽了,力气也快耗尽了,终于,它创造了奇迹,登上了山顶;

——它在陡峭的山坡上留下了一条长长的血痕,这是一条用生命开辟出来的辉煌的血路;

——它站在山顶,望见悬崖下自己的小宝贝浑身是

血,流血的伤口上又结了一层白白的盐霜,哀嚎声时断时续,已奄奄一息了。它还看见有两个野蛮的猎人正卧在悬崖底下的石窝里,那支会喷火闪电的猎枪黑洞洞的枪口对着开阔地外的树林;

——它跨到悬崖边缘,用最后一点力气站立起来,金色的阳光洒在它身上,黑色的皮毛上像披了件金斗篷。小石山温柔地托举着它,白色的晨雾温柔地缠绕着它,像是在为它缠绵地送行,晨鸟的鸣叫,仿佛是在为它轻轻吟唱一曲断肠的挽歌;

——它像包括人类在内的所有动物一样,留恋自己的生命,它不愿意死,它多么想继续活下去,把可爱的小熊崽抚养长大;

——就在这时,悬崖下的两个猎人从石窝里站了起来;

——它照准底下的石窝,跳了下去,在身体腾空的一瞬间,它发出一声悲愤的吼叫……

我久久凝望着挂在岩壁上犹如红绸带般的长长血痕,思绪万端,感情十分复杂。我既钦佩母性的坚毅勇敢,又庆幸自己能死里逃生。要是我们晚几秒钟离开石窝,我肯定已经死了,而且死得不干不净。

打猎,真是一项用生命做玩具、充满血腥味的最残忍的游戏。从此以后,我再也没有上山打过猎。

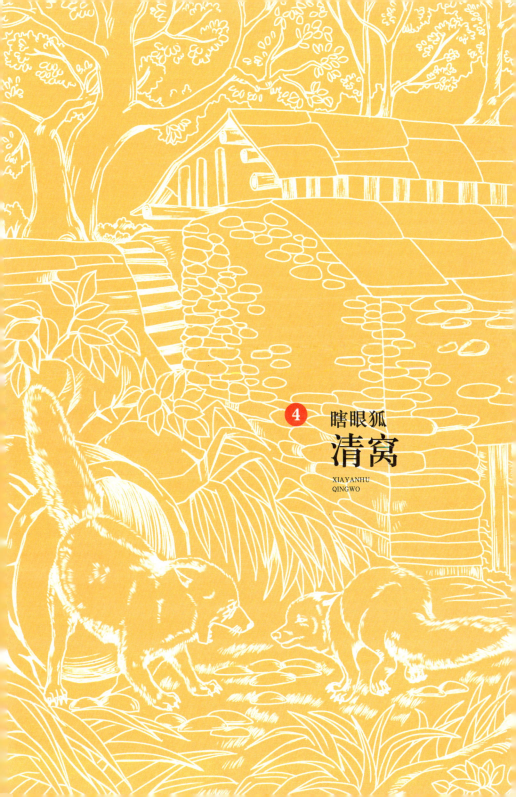

④ 瞎眼狐清窝

XIAYANHU QINGWO

红狐有清窝的习惯，所谓"清窝"，就是成年狐用暴力将满一岁半的小狐从窝巢驱赶出去，强迫它们离开家。教科书解释说，成年狐之所以要清窝，是为了减轻同一块领地的食物压力，腾出生存空间，好繁殖下一茬幼狐。一岁半的小狐独立生活的能力还不高强，一夜之间由父母疼爱的宠儿变成无依无靠、漂泊天涯的流浪儿，有的找不到能遮风挡雨、躲避天敌的窝，有的没本事猎到足够维持生计的食物，饥寒交迫，很快就夭折了。据动物学家的统计，小狐死亡率最高的就是被清出窝后的十天之内，大约有百分之三十的小狐在这段时间里死于非命。在我的印象里，红狐清窝，又自私又残忍，是一种令人费解的陋习。

时令已近仲春，又到了红狐清窝的时间，老林子里不时传来成年狐的低嗥和小狐的惨叫。但我想，住在寨后水磨房下的母狐蝴蝶斑是不会清窝的。

蝴蝶斑曾经年轻貌美，额头上有一块十分醒目的蝶状黑斑。前年春天，它和雄狐灰背结成伉俪后，产下小雌狐黄胸毛和小公狐黑鼻头。蝴蝶斑本来算得上世界上最幸福的雌狐了，夫君身强体壮，儿女活泼可爱，水磨房下的窝巢安全可靠，夫妻和睦，食物丰盛，无忧无虑。

谁知天有不测风云，狐也有旦夕祸福。两个月前的一天黄昏，我挑着一担麦子到水磨房去磨面，远远看见这家红狐排成一路纵队，从水磨房下那只喇叭形的石

槽中钻出来,朝流沙河边的香蕉林走去。狐是昼伏夜行的动物,这家红狐是要外出觅食了。它们刚走到河滩的沼泽地,突然,芦苇里倏地窜出一条巨蜥来。巨蜥是蜥蜴王国的"巨人",足有两米多长,一口就咬住了走在最前面的雄狐灰背,那条可以和鳄鱼相媲美的大尾巴一个横扫,将走在雄狐灰背后面的小雌狐黄胸毛扫出一丈多远,直挺挺地躺在地上不会动弹了。走在最后面的母狐蝴蝶斑嚎叫一声,不顾一切地朝巨蜥那张丑陋的脸扑去,想救出已落入巨蜥嘴里的雄狐灰背。巨蜥举起利爪,迎面在蝴蝶斑的脸上狠狠抓了一把。蝴蝶斑惨叫一声,跌倒在地,双爪护住脸,在地上打滚……

巨蜥衔着雄狐灰背,趾高气扬地爬进芦苇丛去了。

顶多一分钟的时间,一个美满的红狐家庭,便两死一伤。母狐蝴蝶斑两只眼窝血汪汪的,眼睛被抓瞎了。

这以后,我好几次看见蝴蝶斑衔住小公狐黑鼻头的尾巴，就像盲人牵着竹竿一样，跟随着黑鼻头外出觅食。一只才一岁零两个月的小公狐，带着一只双目失明的瞎眼狐，是极难寻找到充足的食物的，它们有时候守在老鼠洞前用伏击的手段捉老鼠充饥，更多的时候是跑到我们曼广弄寨子后那片臭气熏天的垃圾场里，捡食人类抛弃的残渣剩饭，饥一顿饱一顿，落魄潦倒，艰难度日，母子俩很快就瘦得皮包骨头。

一只完全要依赖儿子生活的母狐，怎么可能清窝呢？

那天，我到水磨房去舂糯米粑粑。天快擦黑了，突然，听见水磨房下传来凶猛的狐叫声，我朝喇叭形的石槽望去，看见母狐蝴蝶斑脑门顶着小公狐黑鼻头的胸脯，冲到石槽口，猛地一推，将黑鼻头从石槽中推了出来。黑鼻头尖叫一声，抗议母亲的粗暴，爬起来抖抖身上的泥垢和树叶，拼命朝石槽里挤，想回温馨的窝。蝴

蝶斑用身体堵住小小的石槽口，用牙和爪阻挡着不让黑鼻头回家。一个非要进，一个非不让进，在石槽口你推我撞，你撕我咬。这是颇为典型的红狐清窝的情景，我大感困惑，简直无法理解，母狐蝴蝶斑把黑鼻头驱赶出家，等于在自杀：一只双目失明的瞎眼狐，别说抓野兔了，连腐尸也找不到的啊！

折腾到夜色深沉，双方都已筋疲力尽，黑鼻头觉得回洞无望，伤心而又愤怒地叫了一通，含恨离去了。

回家后，我一夜没能合眼，心里老在想母狐蝴蝶斑眼睛瞎了，为什么还要清窝，难道它愚蠢地以为，像它这样被巨蜥抓瞎了眼并破了相的母狐，腾空了窝巢后，还会吸引其他大公狐来与它同住，生儿育女，开创新的生活？第三天清晨，我出于好奇，又前往水磨房，想看看蝴蝶斑单独留在石槽里，是怎么生活的。

它卧在石槽口，两天没进食，蓬头垢面，愈发憔悴了。

就在这时,石槽外的小路上,晃出一只大公狐的身影。油亮的皮毛,健美的四肢,四只脚爪白得就像是用冰雪雕成的,它悠然自在地走着,一面走还一面"呦呦"轻声叫着。春天既是狐的清窝时节,也是狐的发情季节,显然,白脚爪公狐正在寻觅合适的伴侣。它走到离石槽还有二十多米远时,突然停下来,耸动鼻翼使劲嗅闻了几下,两眼刹那间流光溢彩,艳红的狐毛陡地蓬松开,像一团灼灼燃烧的火焰,它激动地长啸一声,朝石槽跑去。显然,它灵敏的嗅觉闻到了异性的气味,急不可耐地想喜结良缘了。

让我不可思议的是,母狐蝴蝶斑并未表现出相应的兴奋,相反,它的神色更加沮丧,把脸深深地埋进臂弯。

白脚爪公狐走到蝴蝶斑跟前,"呦欧——呦欧——",

热情洋溢地啸叫着,蝴蝶斑却像块毫无知觉的石头,一动不动。白脚爪公狐情不自禁地伸出舌头,去舔吻蝴蝶斑的额头。蝴蝶斑大概被弄得有点不耐烦了,倏地抬起头来。一抹春光照在它的脸上,两只眼窝像小小的石灰窑,泛着死沉沉的白光,脸上刻着好几道伤疤,丑陋得不忍直视。白脚爪公狐像被兜头浇了一盆冷水,蓬松的绒毛耷拉下来,怪声怪气地啸叫一声,逃也似的离去了。

唉,雄性动物择偶也像人一样,讲究个青春美貌,谁会愿意要个累赘要个包袱呢?蝴蝶斑这副尊容,怕是白送给大公狐也没哪个愿要的。让我震惊的是,它好像也明白这一点,表情漠然,对白脚爪公狐的离去无动于衷。

唉,何苦要清窝呢?你留下小公狐黑鼻头,好歹还能衔住儿子的尾巴到森林里捉捉老鼠,或捡食垃圾场里的残羹剩饭,母子相依为命,也能勉强活下去。现在你寸步难行，只好在空荡荡的窝里静静地等死了。

我相信，母狐蝴蝶斑现在一定后悔得要命。

天色渐渐亮了起来，我刚想离开水磨房到田坝去栽秧，突然，被朝霞照得亮晶晶的草丛里又钻出一只红狐来，尖尖的耳郭，玫瑰红的皮毛，瘦削的脸上长着一只漆黑的鼻头——嘿，不就是小公狐黑鼻头吗？

其他的狐家庭里，也偶然会发生小狐被清窝后没几天又重返旧家的事。小狐无法适应流浪儿的生活，无法忍受孤独的煎熬，也无法承受饥饿的压力，希望重新回到父母身边。但事与愿违，小狐满怀希望而来，往往是伤痕累累而去，成年母狐或者成年公狐决不会允许已被清窝的子女再回来。在成年狐的观念里，把子女养到一岁半大，仿佛责任已经尽到头了——昨天还是疼爱不够的宝贝疙瘩，一经清窝，即成了毫不相干的陌生狐，哪怕小狐已饿得奄奄一息，它们也绝不会生出一丝一毫的

怜悯和同情——它们个个都变得铁石心肠，会像对待私闯领地的侵略者一样，凶神恶煞地将重返旧家的子女咬得抱头鼠窜。对已被清窝的小狐来说，生活就是一场灾难，是一场竞争，你必须独自去闯、去拼、去抢、去夺属于你自己的窝巢和领地，你没有退路，没有避风港，没有安乐窝。你是强者，你便拥抱生活；你是弱者，只能被生活无情淘汰。

但我想，母狐蝴蝶斑大概不会再次把小公狐黑鼻头驱赶出家了。就算清窝是红狐的一种生物习性，它也该采取灵活的态度，审时度势，加以改变；对一个生命来说，活下去，应该是最最重要的。

小公狐黑鼻头的身体蹭着石槽前的蒿草，发出窸窸窣窣的声响，母狐蝴蝶斑听到动静后，耸动鼻翼嗅闻了几下，那张死气沉沉的狐脸刹那间变得鲜活，就像枯萎的花突然间被雨露阳光滋润了一样，显得生气勃勃。它

双耳竖挺,不由自主地站了起来,冲动地从石槽口跨出半步,摆出一副迎接的姿势。显然,从它的内心来讲,它是在盼望等待着黑鼻头回家。

黑鼻头快走到石槽口时,我才看清,它嘴里叼着一只小仓鼠。黑鼻头算得上是个有孝心的狐儿,知道双目失明的母亲没法觅食,回家给母亲送食来了。黑鼻头把小仓鼠叼到蝴蝶斑的唇吻下,大概是怕母亲感觉不到,甩动脑袋,用小仓鼠轻轻拍了拍蝴蝶斑的脸颊。蝴蝶斑已饿了两天了,早就饥肠辘辘,本能地、迫不及待地一口咬住小仓鼠。我有一种如释重负的感觉,明摆着的,只要蝴蝶斑吃下小仓鼠,等于就默认黑鼻头有权重返旧家,再也不会重演清窝这样没名堂的事了。蝴蝶斑差不多已把整只小仓鼠吞进嘴里了,只留一条鼠尾巴还挂在嘴角外,突然,它若有所悟般地停止了吞咬,"噗"的一声把小仓鼠给吐了出来,好像这小仓鼠不是可口的食物，而是有毒的诱饵。黑鼻头献食心切，从地上捡起小仓鼠，再次送到蝴蝶斑的唇吻下。蝴蝶斑如临大敌般地尾巴平举，尖嚎一声，朝前一蹿，张嘴就朝黑鼻头咬去。来势凶猛，出其不意，黑鼻头没有防备，左耳朵被蝴蝶斑咬住了，疼得它"呦呦"惨叫，拼命挣扎。可恶的蝴蝶斑，像对付不共戴天的仇敌一样，死死咬住黑鼻头的耳朵不放。"嘶——"，黑鼻头的一只耳朵被撕开了一个豁口，变成了"V"字型；它这才算从蝴蝶斑的嘴里挣脱出来，哀哀啸叫着，逃离了水磨房。

蝴蝶斑布满白翳的眼窝对着黑鼻头逃跑的方向，"呦呦呦"地瞎叫一气，连我都听得出来，那是在向黑鼻头发出最严厉的警告：你倘若再回来的话，就让你死无葬身之地！

为什么这么凶恶，这么残忍，这么不近情理？

奇怪的是，当黑鼻头逃得无影无踪后，蝴蝶斑像踩

瘪的猪尿泡，瘫倒在地，缩成一团，有气无力地发出一声声凄凉的哀嚎。

隔了几天，我有事到水磨房去，看见蝴蝶斑早已停止了呼吸，却仍高昂着头，身体堵在石槽口。它的面前，堆着四只小仓鼠。毫无疑问，是小公狐黑鼻头辛辛苦苦捉到后送来给它吃的。可它直到饿死，也没动这些小仓鼠。我完全可以想象，它是在用拒食的办法向黑鼻头表明自己的态度：你必须出走！你不能返回旧家！

我一点儿也不同情蝴蝶斑，我觉得它死有余辜。

可我心里忍不住打了个大大的问号，要是红狐清窝果真像教科书上所说的那样，是出于一种自私的动机，蝴蝶斑为自己的生存着想，也不该一而再再而三地将小公狐黑鼻头驱赶出去，它的行为和动机之间似乎存在着不可调和的矛盾。要么教科书上有关红狐清窝的解释有差错，要么蝴蝶斑是一只自私到了极点的病狐，不然的话，我无法解释我所看到的一切。

二十年后，我从一位著名动物学家最新出版的一本研究红狐习性的专著中读到有关清窝的一段精辟论述：

狐清窝，类似人类的成年礼。对狐来说，是一种古老的不可更改的习性。一岁半的狐，正站在幼年跨向成年的门槛上，这是一个塑造性格的关键年龄。统计数字表明，倘若这个年龄的小狐继续滞留在旧窝，滞留在母狐身边，就会造成永远无法补救的性格缺陷，带来终身性灾难：凡没被清过窝的小狐，都智力低下，交际能力低下，猎食技艺低下，长大后很难找到配偶，就算生儿育女，后代的存活率也极低。可以这么说，狐清窝，顺应优胜劣汰的竞争规律，接受大自然的筛选，具有进化意义上的好处。

这就是说，作为一只小狐，如果在幼年跨向成年的转折关头没被清过窝，没经历过被驱逐出家的苦痛，没有浪迹天涯的冒险，也就不会有用生命作抵押的开拓，也就不具备独立生活的生存能力。没被清过窝的狐，就像没淬过火的刀，没开过刃的剑，可能永远是个废物。

我脸红心跳，这才明白自己错怪了母狐蝴蝶斑——它之所以宁肯饿死也要把小公狐黑鼻头驱赶出家，正是为了不让自己的儿子成为窝囊废。

好一个蝴蝶斑，好一位母亲。

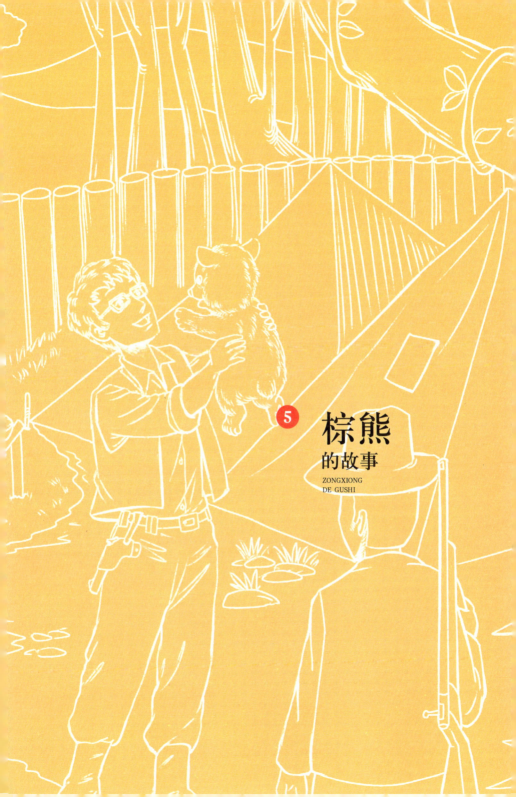

5 棕熊的故事

ZONGXIONG DE GUSHI

一

我和藏族向导强巴是在离野外观察站不远的一条小山沟里发现这只熊崽的。

那天,我俩到高黎贡山南麓观察一群野生藏驴,太阳快落山时,才动身返回观察站。我们踏着落日的余晖,沿着时断时续的古驿道,在杳无人迹的老林子里穿行。林子里弥漫着一股野桂花的清香,成双成对的红嘴相思鸟在枝头啁啾喧闹，几只可爱的小金猫在草丛追逐嬉戏。当我们在一棵四个人才合抱得过来的红松旁停下来，准备喝点水歇口气时，突然，"咿噢——"，传来一声柔弱的叫声。声音有点粗，有点涩，不像狐啸豺嚎，也不像是啮齿类动物在叫。我们循声绕到大树背后，哦，树心是空的，形成一个一米高、半米宽的树洞，那奇怪的声音就是从黑黢黢的树洞里传出来的。

"也许是金猫的窝。"我说。

"不，金猫善爬树，窝一般都搭在树腰的洞里，不会在地面建巢的。"很有丛林生活经验的强巴摇着头说。

就在这时，树洞窸窸窣窣一阵响，一个球形的东西，浑身裹满树叶，蠕动着，爬到树洞口来了。强巴用树枝拨去它身上的树叶，我们大吃一惊，原来是只小熊崽！

我的第一个反应，就是从腰际拔出左轮手枪，"唰"

地一个向后转,做好射击准备。强巴的动作比我还快,一眨眼已经背贴着大树,手端着猎枪,枪口指向茂密的树丛。

别责怪我们胆子比老鼠还小,待在棕熊的窝边,那危险不亚于闯进了龙潭虎穴。都说老虎厉害,其实,世界上真正的食人虎是极少见的,老虎畏惧人,远远闻到人的气味或看到人的影子,就会悄悄地溜走。只有年老体弱失去捕食能力的老虎,或受了枪伤濒临绝境的老虎才会袭击人。其他猛兽如狮子、雪豹、豺、狼等,也跟老虎差不多,不到万不得已,不会轻易来找人的麻烦。但棕熊就不一样了,不知是熊的脾气格外暴烈,还是熊的脑袋比较简单,闻到人的气味后,很少有主动撤离的,会不顾一切地朝人扑来。在高黎贡山一带,很少听到有谁遭到过虎豹的扑咬或狼群的追撵,但几乎每一个村寨里都能找到一两个被棕熊抓伤的猎人。尤其是带崽的母熊，攻击性更强，只要发现自己的窝边有其他动物或人走动，非冲出来拼个你死我活不可。曾发生过这么一件事，一伙地质队员在一座小山顶上野炊，突然一头母棕熊从树林里窜出来，吼叫着一巴掌掴倒一位地质队员，其他人被迫开枪，打死了这头疯狂的母棕熊，然后顺着足迹四处寻找，最后在一里外的一个小山洞里找到了两只还在吃奶的熊崽。换了其他任何一种野兽，相隔那么远，一定会采取不动声色的策略，藏在巢穴里，等这伙地质队员吃饱喝足后自行离去。

我们侧耳倾听，四周树丛里没有可疑的声响，一颗悬跳到嗓子眼的心这才放了下来。看来，母熊还没有回巢，暂时还没有什么危险。我这才敢将视线移到树洞口，打量那只小熊崽。

这是一只雌性小熊崽，约有篮球那么大，全身金

黄，两只小耳朵漆黑如墨，眼睛还没睁开。据此判断，它出生还不到四十天，因为棕熊幼崽出生后四十天睁开眼睛。小家伙显然是饿了，嘴唇咂动着，脑袋在树叶里一拱一拱，肯定是想寻找母熊的乳头。

"趁母熊还没回来，我们快走吧！"我提心吊胆地说。

"也许，母熊发生了意外，回不来了。"强巴望望天边那轮快坠进山峰背后的红日，若有所思地说。

"何以见得？"

"熊的视力不好，俗称'熊瞎子'，都是白天外出觅食，太阳落山前赶回巢穴，因为天一黑它们就什么也看不见，行走困难。特别是带崽的母熊，心里惦挂着宝宝，绝不会拖到太阳快落山了还不回家的。"

这话说得有道理。根据野外调查资料显示，公熊和母熊只在发情期聚在一起，其他时间都各自分开生活，母熊单独抚养子女。为了确保安全，母熊临外出觅食前都要把熊崽喂饱,然后用树叶将宝贝团团裹起来,熊崽吃饱奶后,倒头大睡,约三到四个小时后才会醒来,母熊就利用这段空闲,抓紧时间寻找食物。一般情况下,母熊总是在熊崽醒来前赶回窝巢,母熊的时间掐得很准,就像脑子里有一架精确的钟。这是因为一旦错过时间,不懂事的熊崽醒来后,会爬出窝去,或发出叫声,而母熊不在身边的话,毫无自卫能力的小熊崽可能便会遭遇不测。现在,这只小熊崽已经醒来,四周却不见母熊,由此看来,母熊是有可能发生了意外。但不怕一万只怕万一,什么事情都可能有例外的,万一这头母熊天生玩性大,在树林里这儿找找蜂蜜,那儿掏掏鸟卵,把时间给耽误了,晚一点才回家呢?也不能排除这种可能,母熊在溪流里捉鱼,手气不好,狡猾的鱼儿好几次险些落入它的爪掌,结果又从它的眼皮底下溜走了,争强好胜的天性使它不甘心就这样

空着肚子回家，总想着接下去的一扑一定能捉到一条活蹦乱跳的大鱼。遗憾的是，命运再次跟它开起小小的玩笑……就这样，时间像流水一样淌走了，直到夕阳西下，这才捉到了一条黑鲩，此刻正心急火燎往家赶呢。

"还是走吧，万一让母熊撞见，可不是闹着玩的！"我说。

这时，夕阳已经落下山去，紫色的暮霭无情地吞噬着光线，老林子里一片幽暗。我和强巴刚要转身离开，突然，十多米开外的一棵银杉树上，有两道锐利的绿光从我们脸上划过，天还没完全黑透，我们定睛望去，叶丛里藏着一张色彩斑斓的金猫脸。

金猫是一种身手矫健的中型猛兽，体长约一米，是著名的林中杀手，狩猎时颇有心计，常会在暗中窥伺野猪、雪豹等大型猛兽的窝巢，趁母兽离巢外出觅食之际，捕食没有防卫能力的幼崽。

毫无疑问，银杉树上这只不怀好意的大金猫，也发现了在红松树洞口蠕动的小熊崽，馋涎欲滴，只等我们离去，便会箭一般蹿下来捕杀。

我和强巴同时停下脚步，面面相觑。

"可别黑猫偷鱼，白猫挨打。"

"金猫如果往我们身上栽赃，我们可是跳进黄河也洗不清了啊！"

我俩同时想到了一个问题，倘若我们现在走了，那只大金猫必定会肆无忌惮地叼走小熊崽。母熊回窝后，发现宝贝不在了，必定会拼命寻找，棕熊的视力虽然不佳，但嗅觉却十分灵敏，肯定会闻到我们的气味，然后循着我们的足迹和气味跑到野外观察站来同我们算账的，我们可就吃不了兜着走啦。

强巴捡起一块石头用力朝银杉树掷去，"咚"的一

声,石头重重砸在银杉树干上,那张色彩斑斓的猫脸倏地不见了。

"没用,猫闻着了腥味,是撵不走的。"我说。

我弯腰将树洞口的小熊崽塞回树洞深处,并将枯叶堆在它身上。

"没用,你藏得再好,金猫也能把它搜出来。"强巴说。

"要不,在这儿守着,等母熊回来?"

"你指望母熊会给你道谢吗?"

"那你说我们该怎么办?"

强巴沉吟了一会,说:"或许,我们该把小熊崽抱回观察站去,如果母熊没发生意外,回到家,会嗅着我们的气味找上门来,我们就把小熊崽还给它。"

也只有这么办了。我脱下外衣,将小熊崽像包婴孩似的裹了起来,抱着走,强巴则端着猎枪在前面开道,以防母熊突然出现。

谢天谢地,一路平安无事。

二

好几天过去了,母熊没有出现。看来强巴判断得很准确,这只倒霉的母熊肯定是在觅食途中遭难了。

我们用奶粉和肉粥喂养这只小熊崽。它很贪吃,胃口也大得惊人,一顿要两瓶牛奶外加一大碗肉粥。很快,我们的奶粉和腌肉就告罄了,于是,我让强巴到小镇上去采购副食品。

就在强巴外出的那天上午,小熊崽睁眼了。当时,我正用竹勺给它喂肉粥,喂完了,想把它抱回纸箱去(我们用大纸箱给它做了个窝,摆在帐篷的角落里),突

然,它闭着的眼睛慢慢睁开了,水汪汪,像两颗晶莹的黑葡萄,好奇地望着我。哦,它出生满四十天了。我很高兴,把它搂进怀里,抚摩它的背。小家伙柔顺地蜷缩在我的怀里,用温润的嘴吻舔着我的手和我的衣裳。

我压根儿也想不到,这短短几分钟的爱抚,会给它今后的生活带来那么多的麻烦。

小熊崽一天天长大,越来越漂亮了。头部的绒毛金黄淡雅,棕色的体毛深浅不一,形成朦胧的图案,胸部与喉咙的毛纯白如银,再配上两只黑耳朵,整个皮毛的颜色花哨艳丽,我们给它起名叫丽丽。

小丽丽活泼可爱,逗人喜欢。每天早晨,天一亮,它就会来到我的床边,舔我的脸,把我叫醒,蹲在我面前,陪着我一起做早饭。我们要外出工作了,它总要把我们送到栅栏边,我们走出很远了,它还趴在栅栏的木桩上,使劲抻长脑袋,目送我们离去,表现出幼兽强烈的依恋，很让人感动。傍晚，当我们出现在观察站前时，还相隔得很远，就听见它急切的叫声了。它在栅栏前来回奔跑着，脑袋在木桩的缝隙间拼命拱动，恨不得冲破栅栏跑出来迎接我们。当我们穿过吊桥跨进门去，小丽丽就会扑到我身上来，亲吻啃咬，热情得无法形容，非要我把它抱起来不可。当我们开始忙着做晚饭时，它一会儿躺在地上打滚儿，一会儿在我们膝边绕来绕去，一会儿颠颠地跑去捉飞落在帐篷边的麻雀，一会儿又会把我的一只皮鞋叼出来，嘴里呜呜叫着，摆出一副扭头要逃的姿势，引诱我去追它。它最大的爱好，就是晚上爬到我的床上来，睡在我的脚边。我嫌它脏，总是不客气地把它抱回纸箱去，它就会不满地呼呼朝我吹气，熄灯后，再悄悄地从纸箱爬出来，钻到我的床下来睡。床底下潮湿阴凉，我怕它生病，只好把它抱到床上来。它高兴得一个劲儿舔我的手，我明显地感觉到它对

我的感激之情。

曾经有一位动物行为学家说过这么一段话：凡需要亲兽照顾抚养才能长大的幼兽，幼年期都会表现出某种可爱来，以吸引亲兽守护在它的身边，不要弃它而去。除了血缘关系外，幼兽强烈的依恋情态，鲜亮娇嫩的皮毛，憨态可掬的模样，天真的撒娇或生气，都会激发起亲兽怜爱的冲动，加强亲兽与幼兽的情感。这也是非常重要的补偿机制，可以补偿亲兽在漫长的抚育期间所付出的心血和辛劳。幼兽越活泼可爱，亲兽的责任心就越强，反之，幼兽如果有智力障碍，反应迟钝或不懂得如何讨取亲兽的欢心，亲兽的责任心就会被淡化，有的还会抛弃幼兽。

我和强巴住在一起，小丽丽对我们两个人亲疏有别。如果我不在场，小丽丽对强巴也很亲热，也愿意让强巴来抱抱它，但只要我一出现，它就立刻从强巴的怀抱里挣脱出来,把感情倾注到我的身上来。它不大讲卫生,身上弄得很脏,强巴给它洗澡,它哼哼唧唧的老大不愿意,但我给它洗澡,它却乖乖地一动不动。强巴不无嫉妒地对我说:"我也喂它东西吃,也逗它玩,它为什么对你特别亲呢?是不是你有什么魔法把它给迷住了?"

我没有什么魔法,当时我还不知道动物有"铸定式记忆",因此无法解释小丽丽的情感投向为何聚焦在我身上。

三

母熊出现了。

那是一个风雨交加的夜晚,我正梦见自己顺利地

通过了博士论文答辩,突然觉得自己的身体像惊涛骇浪中的舢板一样猛烈摇晃起来,睁眼一看,强巴站在我床前,神情紧张地轻声说:"听,好像有熊在吼叫!"我坐起来,竖起耳朵。果然,隆隆的雷声静下来后,"噢——噢——",清楚地传来熊的吼叫声,好像就在附近,声音很响。我们撩起帐篷的布窗,外面风狂雨骤,一片漆黑,什么也看不见。等了一会,一道闪电划过,把大地照得如同白昼,我们看见,一头大熊,直立着,就站在我们栅栏外的防护沟前,尖尖的嘴吻伸向天空,发出一声声撕心裂肺的吼叫,豆大的雨珠打在它的脸上,溅起一片迷蒙的水雾。

毫无疑问,这是小丽丽的妈妈。野兽都怕闪电和惊雷,也怕狂风和大雨,假如不是为了寻找失散多日的宝贝,没有一只熊会在雷雨之夜跑出来的。

过了一会,传来"扑通"一声巨响,从声音猜测,母熊跳进两米深、四米宽蓄满雨水的防护沟去了。又传来"噼啪噼啪"的声响,熊是一种善泅水的动物,听起来,像是母熊在横渡防护沟。果然,数分钟后,传来拍打和撞击栅栏的声音,乒乒乓乓,十分吓人。我们隔着帐篷的布窗,用手电筒照射过去,并用锅铲敲击脸盆,企图吓退母熊,但收效甚微。开始手电筒光照在它脸上,脸盆发出刺耳的声响时,它还晓得要收敛一点,停止拍打和撞击栅栏,但几次以后,它就不再害怕光的照射和"叮叮当当"的声响了,继续搞它的破坏。对母熊来说,为了找到并救出自己的宝贝,刀山火海也敢闯的啊。

我将左轮手枪上了顶膛火,强巴也把猎枪端在手里,万一母熊撞开栅栏,我们只好开枪自卫了。顺便提一句,在我们用照手电筒和敲击脸盆对付母熊的过程中,小丽丽缩在我的被窝里,显得很害怕,它当然听到了母熊的吼叫,但没表现出任何激动,它已经忘了自己

的妈妈。

幸运的是,木桩很粗,栅栏很结实,直到天亮,母熊也未能进到观察站来。

雨后天晴,梦幻般的霞光照亮了大地,我和强巴壮着胆子钻出帐篷。母熊毕竟有点怕人,气咻咻地游过防护沟去,退到离观察站约四五十米远的一片树林里。

这时我们才看清楚,这是一头站起来和人差不多高的母熊,脸型瘦长,酷似马脸,当地山民称为"马熊",其实是棕熊的一种。它肩胛支棱着,胯骨也很明显地突出来,两只眼睛布满血丝,显得很憔悴。身上涂满黑的泥浆红的血,肮脏不堪。最为显眼的是,它的右后腿上裹着一圈生锈的铁链。

终于解开了母熊失踪之谜。十二天前,母熊外出觅食,不幸掉进了猎人的陷阱,被生擒活捉。也许是想把它卖给远方的动物园,也许是要留着它抽取胆汁,猎人没有伤害它，而是把它关在木笼子里，为了保险起见，还用铁链拴住它的一条腿。它心里惦记着小熊崽，在笼子里度日如年，恨不得一巴掌拍碎木笼子，插翅飞回自己的巢穴。但猎人看守极严，只要木笼子一发出异常响动，立刻就会过来察看。它吃不下睡不着，就像在油锅里煎熬，身体消瘦下来，但要冲破牢笼的决心却一天比一天坚定。昨天晚上，老天爷下起了雷阵雨，电闪雷鸣，大雨倾盆，猎人都躲进屋里去了，对母熊来说，这是个难得的好机会。闪电像银蛇似的划破乌云密布的天空，预示着一串霹雳就要在头顶炸响，母熊猛烈撞击着木笼子，"轰——嘣——"，随着惊雷炸响，木笼子也崩散了。在雷声的掩护下，母熊又挣断了脚上的铁链，冒着大雨，摸着黑，赶回红松树洞，小熊崽不见了，凭着灵敏的嗅觉，也凭着一种母性的心灵感应，它终于找到观察站来了。

这虽然只是一种推理,但我想,和事实不会相差太远的。

观察站的栅栏有几根木桩已经被母熊撞歪,上面有许多熊牙啃咬的痕迹。

整整一个上午,母熊都在观察站前的树林里徘徊,强巴朝天空打了两枪,也未能把它吓走。我们不敢出门,怕遭到母熊的袭击。

"唉,看样子,只好把小熊崽还给它喽!"强巴瞟了我一眼说。

说老实话,我舍不得放小丽丽走。养了十二天,养出感情来了,它很懂得怎么讨人喜欢,强巴曾开玩笑地说,小丽丽就像是我的女儿,这当然是言过其实了,但在外面辛苦了一天,回到观察站,看到小丽丽那股亲热劲儿,我心里便会涌起无端的柔情,一天的疲劳仿佛得到了某种补偿。可如果不把小丽丽还给母熊,除非把母熊击毙，它是决不会善罢甘休的。我不是猎人，而是一个到野外来考察的动物学家，我的责任是要保护野生动物，并不是杀害它们。再说，母熊要讨回自己的亲生骨肉，理所当然，无可厚非，我能向一位心儿欲碎的母亲举枪射击吗？

我叹了一口气，用奶粉和肉粥把小丽丽喂了个饱，然后将它抱到观察站外的空地上，自己赶紧奔过吊桥回到栅栏里。

母熊不顾一切地从树林里奔出来，"嗷噜嗷噜"地发出一串古怪的嚎叫，大概是激动得声音都哽咽了吧，急急忙忙朝小丽丽扑来。小丽丽害怕地尖叫着，扭头想跟着我回观察站，但我们已把吊桥收了起来，它只好顺着防护沟奔逃。这时，母熊已经追上了它，一把将它搂进怀抱，身体像只罩子似的严严实实罩住小丽丽，然后挑衅似的瞪大一双布满血丝的眼睛，"嗷——"，朝我们

发出长嚎,那是恫吓战术,警告我们不要惹它,不然的话,要同我们拼老命的!

显然,小丽丽已经不认识自己的妈妈了,拼命想从母熊的身体底下钻出来,拔腿逃跑,母熊惊诧地扭头望着小熊崽,追上去,"噢噜噢噜"地柔声叫唤,那意思好像在说:"心肝宝贝,别怕,我是你妈妈!"它还伸出舌头要去舔理小熊崽皮毛。小丽丽并不领母熊的情,仍挣扎着要逃跑,母熊不由分说,一把将小丽丽抱起来,直起身,摇摇摆摆朝树林里跑去。

小丽丽像遭到了绑架似的,呼天抢地,在母熊的怀里朝我舞动四肢,可我没法去救它。

小丽丽不过是被它的亲生母亲领回去罢了,我在心里这样安慰自己,它还在哺乳期,母熊喂过几次奶后,它很快就会适应在母熊身边的生活。

四

小丽丽走了已有两个多月了，我整天在林子里跑，也没再见到它。一天打扫卫生，强巴拿起帐篷角落小丽丽住过的那只纸箱，准备扔掉。

"别扔，"我大声说，"放回到老地方去！"

"怎么，你还等着它回来哪？"强巴不无揶揄地说。

"……"

"算了吧，母熊早带着它远走他乡啦，就是在林子里见到它，它恐怕也不认识你啦！"强巴笑着说。

完全有这种可能，小丽丽总共才在我身边待了十二天，年幼不懂事，不会记住我的，我想。但我还是忍不住会牵挂它，很想知道它是否已习惯在母熊身边生活，是否平平安安地茁壮成长。

谁也没有想到，两天后，小丽丽突然出现在我

面前。

那天，我和强巴在藏野驴的栖息地尕玛尔草原待到差不多天黑，回到观察站时，已是晚上十点多钟。月光如水，每一片树叶都像打过蜡似的闪闪发亮。我正在放吊桥上的缆绳，冷不防从月光里浮出一团黑影，迅速朝我飘来。我吃了一惊，刚要拔枪，那黑影"噉呜噉呜"地叫起来。是小丽丽！我高兴得简直要跳起来。一眨眼，它已奔到我面前，我把它抱起来。哦，好沉啊，我差不多快抱不动了。它摇头晃脑"呜噜呜噜"地低声叫唤着，好像是在诉说别离的思念，又好像在埋怨我为什么抛弃它。它在我的脸颊、脖子和耳朵上一个劲儿地舔着，那股急切的亲热劲，就像兽崽终于盼到了日思夜想的亲兽。

强巴反应很快，见到小丽丽的一瞬间，立刻从肩上卸下猎枪，背对着我，面朝着树林，作掩护状。他在提防母熊突然出现。但他的担心是多余的，夜色多么好，四周静悄悄，没有任何母熊出现的迹象。

进到帐篷，点亮马灯，我这才看清，小丽丽浑身汗津津的，身上挂着树枝泥垢，前腿弯还被荆棘划破了一条口子。我帮它把身上弄干净，还给它的伤口擦了消炎药，强巴煮了一大锅肉粥，它狼吞虎咽地吃了个干净。一切迹象表明，它是背着母熊，长途跋涉，才找到这儿来的。我的眼前出现这样一串画面：小丽丽虽然生活在母熊身边，却没有忘记我，千方百计想回到我的身边来。它断奶后，母熊按照棕熊的生活习惯，带着它一起外出，让它观摩如何狩猎觅食。很可能某一天母熊把它带到离我们观察站不远的山上，它暗暗地将方向和路线记在了心里。今天一早，母熊又带它到河里去捉鱼，当母熊全神贯注地对付一条大鲵时，它趁机溜开了。它还不会猎取食物，一路上忍饥挨饿。它的爪牙还很稚嫩，别说豺狼虎豹这样的猛兽，就是狗獾和灵猫也会要了它

的命。这是一趟冒险的旅行,途中,它可能遇到了残忍的狼獾,也有可能被不怀好意的金雕跟踪过,为了躲避危险,它钻进灌木丛,被荆棘划伤了身体……

"我实在弄不懂,它怎么会这般留恋你,冒着生命危险来找你?"强巴搔着头皮迷惑不解地望着小丽丽说。

我也找不到确切的答案。

夜深了,小丽丽蜷缩在我的脚跟睡熟了,我为小丽丽突然归来而十分兴奋,脑子里萦绕着一个大大的问号,究竟是什么原因使得小丽丽不愿待在母熊身边而要回观察站来呢?母熊待它不好吗?这不可能。母熊只有它这么一只小熊崽,肯定视为掌上明珠,百般疼爱呵护,绝不会虐待它的。小丽丽长得很壮实,胖嘟嘟的,皮毛油光水滑,证明母熊喂得很饱,营养很丰富。从时间上算,小丽丽在我们身边总共生活了十二天,而在母熊身边生活了足足三个月,怎么说也应该和母熊更亲近啊。可为什么……我越想越睡不着，越想越觉得有必要解开这个谜，便爬起来，翻出随身携带的参考书，寻找合理的解释。在英国动物学家D·莫利斯一本名叫《人类动物园》的著作里，我看到了有关动物"铸定式记忆"的论述。

动物行为学家研究结果表明，许多动物出生后第一眼所看到的东西，意义十分重大，就像胶卷底片曝光一样，在记忆深处留下永久的印象，无法逆转。动物行为学家将这种现象称为"铸定式记忆"，一生一世难以忘怀，也难以更改。许多动物幼崽往往把第一眼看到的会动的东西当作自己的母亲，把第一眼看到的四周环境认同是自己的家。有人曾做过这么一个实验，在一窝鸡雏即将出壳时，把老母鸡抱走，用一只大红气球挂在鸡窝旁，气球下装一个微型录放机，模拟母鸡的叫声。结果，鸡雏出壳后，都把那只大红气球当作老母鸡，追随

在后面,晚上也挤在气球下睡觉。真正的老母鸡放回到鸡窝后,叫哑了嗓子,也没有哪只鸡雏理睬它。那窝鸡雏长大后,仍对那只红气球抱有温馨的回忆,一旦将那只红气球挂出来,并模拟母鸡的叫声,它们便会闻声围拢来,在红气球旁"咯咯咯"地柔声叫唤,点头如啄米,向红气球致以亲切的问候。

原来如此,小丽丽是在我的怀抱里睁开眼睛的,也就是说,它把我的形象和我们的观察站永久铸定在它的记忆里了。

第二天清晨,我们刚刚起床,就听到母熊愤怒的叫声了。母熊出于一种护崽的天性,是决不会让自己的宝贝待在观察站的。我把小丽丽抱出帐篷,母熊从树林里冲出来,直立着,挥舞两只黑黢黢的熊掌,"噢噢——"地发出凶狠的咆哮,意思很明显,它在警告我赶快放出小丽丽,不然的话就要对我不客气了!小丽丽则紧紧地搂着我的脖子,把头埋在我的胸口,身体在不停地颤抖,我知道,它不愿离开我,它害怕我会重新把它交还给母熊。

昨天我们在山上采撷到的一只岩蜂窝,才吃掉三分之一,我沥出半碗蜂蜜来喂小丽丽,让强巴把两片蓄满蜂蜜的蜂蜡扔出栅栏,送给母熊吃。我想让母熊亲眼看见我是如何照顾小丽丽的,使它明白,我虽然也是两足直立、身上无毛的裸猿,却跟那班设陷阱害它,用铁链锁住它的腿,把它关在木笼子里,准备在它肚子上切个口子引流胆汁的猎人有着本质上的区别。那样的话,它就会对我产生好感,能允许小丽丽像走亲戚一样经常到观察站来看看我,而不要对我抱有太深的敌意。丢两片蜂蜡给母熊,也含有收买笼络的意思。

棕熊最喜欢吃的东西有两样,一是活鱼,二是蜂蜜。为了能吃到鲜美的鱼,就连深秋季节,棕熊也敢跳进冰

凉刺骨的河流,冻得牙齿咯咯打颤,也不退缩,很有点儿一不怕苦二不怕死的劲头。而为了能吃到香甜的蜂蜜,棕熊会冒着一失足便摔得粉身碎骨的危险,爬上悬崖峭壁,将粘在石头上的岩蜂窝扒下来。回到地面后,它会用一只爪子捂住脸,另一只爪子拼命抓蜂蜜,在成千上万愤怒的岩蜂的蜇刺下,贪婪地舔食着沾在熊掌上的蜂蜜。棕熊每吃一次蜂蜜,都要被叮得鼻青眼肿,但从不吸取教训,下一次见到岩蜂窝,又忍不住要去冒险了。

母熊走到两块蜂蜡前,低头嗅闻,我想,它绝对会两眼发光,迫不及待地捧起蜂蜜来吃的,但我错了,它嗅闻一阵后,并没伸出舌头去舔吃,而是毅然决然地直起身来,用爪掌抹去嘴角流出来的口水,"嗷嗷——",依旧对我凶狠地咆哮,好像在告诉我,休想用小恩小惠来收买它,再甜的蜂蜜也休想堵住它的嘴!

该死的母熊,把我们好心好意扔给它的蜂蜜视为毒饵了!

僵持了半天，母熊不肯妥协，我无计可施，只好心疼地将小丽丽抱出观察站。小丽丽"呜呜"地抗议着，不愿意跟母熊去，母熊粗暴地用爪掌拍打小丽丽的屁股，像押解俘虏似的把它押往树林。母熊到了树林边缘，突然踅回来，直奔那两块蜂蜡，我以为它舍不得浪费香甜的蜂蜜，就像狡猾的鱼儿既不上钩又要吃掉诱饵一样，在讨回了小丽丽后，就要来吃蜂蜜了。但我又想错了，它狂暴地用爪子掘起沙土，盖在蜂蜡上，然后又使劲在上面踩了踩，这才扬长而去。

我晓得，母熊是在给我传递这样一个信息，不管我用什么伎俩，它绝不会跟我妥协的。

"我担心会出什么事哩!"强巴忧心忡忡地说。

五

我没料到,看上去笨头笨脑的母熊还会运用计谋,趁我独自洗澡的当儿袭击我。

那天我和强巴早早结束了野外考察,回来时途经班朗河,在烈日下暴晒了一天,流了好几身汗,衬衣上一大片白花花的汗碱,难受得要命,而时间尚早,我就说要洗个澡。

强巴说要去打只野鸡,晚上改善伙食,先走了。

班朗河是典型的高原河,河道深深浅浅,落差很大,河床布满大型卵石,河水在卵石间奔腾穿行。这里是人迹杳然的原始森林,爱怎么洗就怎么洗。我在岸边脱光了衣服,跳进水流相对平缓的河段。河水清凌凌,亮晶晶,带着野花的清香和阳光的温馨,泡在里面十分惬意。我下游约三十米远,是一道几十米深的瀑布,传来轰鸣的水声。我头枕着卵石，平躺在细沙上，让河水翻涌而过，冲刷身上的汗渍和疲乏。

就在这时，我突然听见"哐啷哐啷"的金属叩击石头的声音，侧脸看去，差点儿魂没被吓掉，那头母熊正踩着水，飞快向我扑来，离我只有十几米远了。瀑布的轰鸣掩盖了母熊在水里奔跑的声响，要不是它腿上那圈铁链子在石头上摩擦，恐怕熊掌落到我的头上我还不知道是怎么回事呢。真该感谢它腿上的那圈铁链，不然的话我已变成熊掌下的冤鬼了。

我赶紧跳起来逃命。

天知道这头母熊是怎么发现我的，也许，它途经此地，到河边来喝水，无意中看到了我；也许，它一直在暗中跟踪我，耐心等待最佳攻击机会。

强巴不在我身边，我的衣服和左轮枪都留在岸上了，赤手空拳，无论如何也不是母熊的对手。棕熊体重

约有两百公斤,力大无穷,能毫不费力地撞断碗口粗的小树,一掌就能把斑羚拍翻在地,指爪像锐利的匕首,轻而易举就能撕开厚韧的牛皮。更为可怕的是,棕熊在争斗中将对手拍翻后,喜欢坐在对手身上,像磨盘似的碾压。我若被它拍一掌,肯定拍出脑震荡;若被它撕一爪,肯定皮开肉绽;若被它碾在身下,肋骨肯定被碾断!

三十六计走为上策。

我不敢往下游跑,湍急的河水会把我卷进瀑布,摔下深渊;我也不敢往上游跑,水的阻力太大,逆水赛跑,我肯定输;我只有夺路往岸上奔,只要一踏上岸,取到我的左轮手枪,我就有救了。可恼的是,母熊好像知道我的意图,斜刺冲过来,不让我往岸上跑。我只好在齐腰深的水里扭秧歌似的东倒西歪奔逃,体格强壮的母熊在水里奔跑的速度比我快多了,我们之间的距离很快缩短，我已听得见它"呼噜呼噜"的喘息声，它奔跑时搅起的漫天水花也洒落到我头上。我如果不能及时想出脱身的办法，再过两三分钟，犀利的熊掌就会落到我细皮嫩肉的背上。这时，我已逃到几块如大象一般大小的圆石旁，灵机一动，绕着圆石兜起圈子。我想，母熊虽然力气和速度都不差，但肯定不如人灵巧，我从小爱玩捉迷藏，那是我的强项，还愁玩不过母熊？以那些大圆石作掩护，它往左我往右，它往右我往左，躲躲藏藏，藏藏躲躲。但我的判断再次出现了误差，看上去笨重迟钝的母熊，在水里却十分灵巧，拐弯、停顿、转身动作协调快捷，刹那间就能完成；而水底下是大大小小的鹅卵石，长着青苔，滑得像踩在油上，我三步一个趔趄，站都站不稳，母熊跑起来却稳稳当当，如履平地。唉，我怎么给忘了，棕熊喜欢吃鱼，经常在河里摸爬滚打，早就习惯在鹅卵石上奔跑行走了。再说，它是四条腿落

地,平衡能力比我强一倍,熊腿壮实,熊掌厚实,尖爪如钩,在长着青苔的鹅卵石上就像穿着钉鞋似的不易打滑。

绕来转去,好半天了,我还是未能摆脱母熊的追逐。我的力气渐渐耗尽,而母熊却精神抖擞,越追越快。

"救命啊——强巴,快来啊!"我顾不得害羞,扯起嗓子拼命喊救命。强巴这家伙,也不知钻进哪片林子去打野鸡了,我喊哑了嗓子也没有回答。倒是我一面喊叫一面奔逃,稍不留神,一脚踩滑,身体一歪,"扑通"倒进了水里,"咕噜咕噜"灌进一大口浑浊的泥浆水。我心慌意乱,挣扎着从水里冒出来,糟糕,母熊离我已经近在咫尺了,它凶神恶煞般地嗷嗷叫着,杀气腾腾朝我冲来。

我知道它为什么如此恨我,非要置我于死地而后快。小丽丽回到它身边后,肯定是身在曹营心在汉,对它很冷漠，一心想回到我的身边来。开始，它想用温柔的母爱唤回小丽丽那颗迷失的心，它搂着小丽丽喂奶，深情舔着小丽丽的皮毛，下雨时将它罩在自己的身体底下，像把结实的伞，为自己的宝贝遮风挡雨……它做了一个好母亲所能做的一切，遗憾的是，仍未能把小丽丽的心拉回自己身边。它发怒，它咆哮，它打骂，它啃咬，想用暴力挽回小丽丽的感情，结果却适得其反，不仅未能割断小丽丽对我的依恋，反而促使小丽丽萌生出逆反心理，趁它在河里捉鱼的机会跑回我们的观察站。它终于明白，只要我在这儿，就休想让小丽丽回心转意。它是个心胸狭窄爱妒忌的母亲，它无法容忍我来分享小丽丽的爱。再说，它曾有过被人类捕捉的悲惨遭遇，脚腕上至今留着一圈象征着苦难与屈辱的铁链，这使得它对人类抱有刻骨铭心的仇恨，绝对不能容忍自己的熊崽和一个两足行走的人亲近友爱。它偏执地认为，

只有从肉体上把我消灭,才能彻底斩断小丽丽想重回我们观察站的愚蠢念头。

死神正在向我靠近,我急得像热锅上的蚂蚁,还没站稳就起跑,晕头转向,等飞溅的水花平息后这才看见,我搞反了方向,竟然迎着母熊在跑,就像飞蛾扑火似的。我赶紧后转,"哗——",祸不单行,我一脚绊在水底的石头上,身体又歪倒在水里。这一跤摔得很重,等我坐在鹅卵石上把头冒出水面时,母熊离我仅一步之遥,已直立起身体,高举两条前肢,庞大的身体像座小山似的慢慢朝我倾倒下来。我命休矣!我极度恐惧,脑子发麻,手脚不听使唤,想动也动不了了。唉,像我这样一个正在攻读博士学位的动物学家,竟然要死在一头棕熊手里,这也太让人想不通了。更可笑的是,我没有得罪和冒犯这头母熊,恰恰相反,我在它危难时刻帮了它的大忙,替它收养小熊崽,要是没有我的好心,小熊崽早就给金猫叼吃了。我这是好心不得好报啊。要是现在能坐下来和母熊评评理的话,真理肯定在我一边,它必输无疑。让人痛心的是,它是不会和我讲道理的。要是早知道有这么一天的话,当初我就不该多管闲事,不该把小熊崽抱回观察站,而应该看着小熊崽被金猫吃掉。唉,现在后悔也来不及了。

气势汹汹的母熊直立的身体已呈三十度的斜角,我现在的姿势,母熊可以抓,可以拍,可以咬,可以坐在我身上碾磨盘,我只有任它宰割了。我索性闭起眼睛,既然难逃一死,不如放弃徒劳的抵抗以求速死。

突然,一个湿漉漉、毛茸茸的东西落到我身上,我想这一定是母熊的屁股,它要坐在我身上碾磨盘了,可好像分量不太够,不怎么沉重,也没有被压得喘不过气来的感觉。"嗷呜——",耳畔响起小熊的尖叫。我好奇地睁开眼,哦,是小丽丽趴在我身上!

我刚才全部注意力都集中在母熊身上,不知道小丽丽是什么时候来到我们身边的。我想,母熊要对我行凶,不可能会带着小丽丽的,它肯定把小丽丽安置在附近的一个树洞或岩穴里,小丽丽大概是听到我的呼叫后赶来的。

母熊两只小眼珠瞪得溜圆,一副惊诧的表情,身体仍呈三十度的倾斜状,却像木偶一样定格在空中。它当然无法再扑下来了,扑下来的话,凶蛮的熊爪首先会伤着小熊崽!

"噉——",数秒钟后,母熊从震惊中回过神来,熊掌一划拉,将小丽丽从我身上推了下来,又倾着身体欲朝我扑击,小丽丽动作敏捷地从水里钻出来,拱进母熊的怀,在母熊的大腿上狠狠咬了一口。

母熊疼得龇牙咧嘴,被迫放缓了对我的攻击。

小丽丽还企图再次爬到我的身上来当我的保护伞。

母熊快气晕了,咬牙切齿地"嗷嗷"叫着,重重一掌打在小丽丽屁股上,像打排球似的把小丽丽打翻在水里。当小丽丽挣扎着从水里冒出脑袋,想再次冲上来掩护我时,母熊又一掌推过去,把碍手碍脚的小丽丽推出一丈多远。

我不是傻瓜,会等着母熊赶走小丽丽后再来收拾我。趁母熊驱赶小丽丽的当儿,我骨碌翻身爬起来,拔腿就往岸上跑。母熊扔下小丽丽,转身追来。

我刚才右脚在石头上重重绊了一下,可能趾甲踢伤了,脚一沾地就疼得钻心,本来就不习惯在布满鹅卵石的河里行走,这一来更是一瘸一拐,像在跳华尔兹了。母熊很快赶了上来,尖尖的嘴巴快要顶着我的脊背了。小丽丽被母熊粗暴地推搡了几下,灌了几口河水,已筋疲力尽,趴在一块卵石上喘息,离我有二十来米远,想帮我也是心有余而力不足了;就算它现在跑过来,恐怕

也来不及了,不等它赶到,母熊的爪牙就会无情地落到我的身上。

我艰难地在水里跋涉,离岸边还有三十多米,我心里很清楚,除非发生奇迹,我是逃不脱母熊的追逐的,顶多还有半分钟,熊掌就会野蛮地将我拍倒。

我只是垂死挣扎、苟延残喘而已。

就在我彻底绝望的时候,突然,传来小丽丽惊恐的叫声,我一边逃一边斜眼望去,母熊也是一面追撵一面扭头窥望,不知什么时候,小丽丽已漂在一股激流里,两条前肢搂着一块矶石,身体被激流冲得浮在水面上;它年小力弱,看样子快抓不住矶石了,随时有可能被激流冲走,而一旦被激流卷走,下游三十米就是陡峭的瀑布,结局可想而知。它吃力地攀住矶石,面朝母熊嚎叫,向母熊紧急求救。

母熊追撵的速度刹那间放慢,看得出来,它是想转身去帮小熊崽的，但只是犹豫了一秒钟，便又加快速度朝我扑来。这该死的家伙，不愿放弃对我的最后解决，它大概觉得先把我扑倒再去救小熊崽也不迟，也有可能它怀疑小丽丽是在故意耍把戏分散它的注意力，把它吸引过去好让我脱险。反正，它没停顿下来，而是更凶更快地在我后面紧追不舍。

它的嘴巴已顶着我的腰了，很快就能"咔嚓"一口给我开膛剖腹。千钧一发之际，又传来小丽丽惊骇的叫声，比刚才叫得更揪心，更恐怖。母熊不得不稍稍缩回嘴巴，偏着脸望去，小熊崽没能抓稳那块矶石，被激流卷裹着，迅速冲向下游。

母熊触电似的停下了脚步。

小丽丽在激流里拼命扑腾四肢，试图能游开那股激流，但它体力有限，泅水的技巧也差些，身不由己地被激流裹挟以每秒两三米的速度向那道瀑布漂去。

真要被卷进瀑布的话，从十几丈深的绝壁上摔下去，绝无生还的可能。

母熊扔下我，"啾啾"地叫着，以最快的速度朝小丽丽奔去。对它来说，世界上再也没有什么东西比小熊崽的生命更宝贵的了。它之所以绞尽脑汁地攻击我，最终目的也是为了让自己的心肝宝贝能平安长大。要是小熊崽冲下瀑布摔死了，它追上我，把我扑倒，还有什么意义呢？轻重缓急，母熊心里是很清楚的。

我抓住这个机会，连奔带跳逃上岸去。我一面匆忙地往身上套衣裤，一面往下游方向望去。好险哪，小丽丽已被激流冲到瀑布边缘，幸亏母熊赶得及时，一把将小丽丽搂住。在离瀑布仅五六米的激流里，母熊一条前肢挽住小丽丽，用另外三条腿艰难地往岸上爬。水流太急，冲得它东倒西歪，稍不留神，就有可能被激流卷走。它爬得很慢，一步一步，小心翼翼地向岸边靠拢……

我已穿好衣服，背起背囊，左轮手枪的子弹也上了膛。这时，强巴也提着一只野鸡从树林里钻了出来。爬上岸的母熊望望我，不敢再贸然发动进攻，悻悻地吼了两声，带着小熊崽隐没在一片绿色灌木丛里。

我明白，小丽丽绝不会糊里糊涂掉进激流里去的，它肯定是看到我情况危急，便想出这么一个办法，将母熊从我身边调走。这很危险，它差点为此送了命。这真是一只聪明、勇敢、重情义的小熊。

六

我决定马上搬家，离开怒江峡谷。

自从班朗河洗澡时险遭母熊毒手后，我又有两次被母熊盯梢跟踪。一次是我躲在土坎下用望远镜观察藏野

驴时，野驴突然炸窝似的飞奔起来，我的望远镜里赫然出现母熊狰狞的面容。我朝天空打了好几枪，才把它赶跑。另一次是我在山上解大便，蹲在一棵大树下正操作到一半，突然头顶的树枝哗啦啦响，吓得我提起裤子就跑，跑出老远战战兢兢地回头一看，该死的母熊正骑在那棵大树的树丫上……

我在明处，母熊在暗处，天天担惊受怕，时时要提防它的突然袭击，小命吊在刀尖上，这日子怎么过呀？母熊已把我视为不共戴天的仇敌，有我没它，有它没我，就像水火不能相容一样。我不可能随时让自己处在高度戒备中，一天二十四小时，总会有松懈麻痹的时候。好多天了，我神经高度紧张，吃饭不香，难以入眠，服了安眠药，好不容易合上眼皮，就会梦见母熊张牙舞爪扑到我身上，吓出一身冷汗。再这样下去，我担心自己会精神崩溃的。小丽丽虽然很可爱，有情有义，但毕竟是熊，我没必要为了它赔上自己的命。

惹不起躲得起，我决定把野外观察站搬迁到一百公里外的虎跳峡去，远远离开蛮不讲理的母熊。好在我对那些珍贵的藏野驴已考察了一个多月，收集了不少资料，够我写一篇有分量的博士论文了。搬家不会影响我的工作的。

搬家需要马匹来驮我们的行李，那天早晨，强巴到附近的村寨借马去了，我忙着拆卸帆布帐篷。突然，母熊又出现了。它直立着从树林里走出来，两只前掌捂住肚子，慢慢朝观察站走来。看见我，它不但不躲避，还"嗷"地发出一声嘶哑的吼叫。我顿时火冒三丈，还纠缠不休，你简直就是个无赖！你也太过分了嘛，大白天的，大摇大摆前来袭击我，好像我是泥捏的，纸糊的，豆腐做的，你想怎么欺负就怎么欺负？玩火者必自焚，欺人太甚绝没有好下场！你把我的忍让看作是软弱好

欺,哼,我今天就要让你知道谁更厉害!

我拔出左轮手枪,打开保险,义愤填膺地跨出栅栏,穿过吊桥,径直迎着母熊走去。我的枪法虽然很差劲,但近距离射击母熊这么大的目标,是不会有什么问题的,枪膛里的六颗子弹足够它受的了。虽然法律不允许猎杀棕熊,但当人的生命受到威胁时可以例外,正当防卫无可非议。我完全可以这么说,我正在行走时,母熊突然从大树背后扑出来袭击我,我躲不掉也跑不了,朝天射击也未能吓唬住它,眼瞅着熊掌就要落到我的脑袋上,万般无奈,我只好将它击毙。

我是动物学家,谁也不会怀疑我是在说假话的。

我站在一丛杜鹃花后面,双手握枪摆开射击的架势。我的位置十分理想,前面是斜坡,我居高临下,万一母熊连中数弹后仍顽强朝我扑来,齐腰高的杜鹃花丛能起到屏障的作用,我可从容退回观察站去。我决定等母熊走到离我五步远的时候再开枪,这样子弹命中的把握要大得多。

三十步……二十步……十五步……母熊庞大的身体在薄薄的晨雾中越来越清晰;十步……八步……七步……六步……母熊"呼哧呼哧"的喘息声越来越响亮。我瞄准它的心脏,咬紧牙关,正想扣动扳机,突然,母熊停了下来,"噉呜",它轻叫了一声,音调委婉,含有凄凉的韵味,低垂着头,神情显得有点委顿。这很反常,我扣紧扳机的手指不由得放松了。"噉呜",数秒钟后,它又抬起头来冲着我叫了一声,不像怒气冲冲的咆哮,也不像刻毒阴沉的诅咒,倒像是在诉说着它的不幸。再看它的眼睛,没有了狂妄,也看不见杀机,眼神散乱,哀戚痛苦,好像在乞求着什么。我听不懂棕熊的语言,不知道它要干什么,怔怔地望着它发呆。它见我没反应,有点急了,举起右掌做了个类似"招手"的动

作,就在这时,我看见它的腹部血汪汪,被撕开了一个大口子,随着它的"招手"动作,一团白花花的肠子流了出来。怪不得它走路时要用两只爪掌捂住肚子,它是受了重伤了!

我猛然想起小丽丽,眼光在母熊身后搜索了一遍,没发现小丽丽的身影,难道它……

"嗷呜","嗷呜",母熊急切地不断地朝我做着"招手"的动作,然后转过身去,走了几步,又回过头来看看我,意思很明白,是要我跟它走。我脑子豁然一亮,它这次到观察站来,不是来找我寻衅报复的,而是遇到了大麻烦,来找我帮忙的。母熊的麻烦,也是小丽丽的麻烦,我关了左轮手枪的保险,跟在母熊后面。

母熊穿过树林,钻进一条荒草沟。平地上,它双爪捂腹,直立行走,遇到坎坎坷坷,不得不用前肢撑地时,一松开爪掌,肠子就会涌出来,又走到平地上后,它就坐下来，用爪掌将肠子重新塞回肚子里。一路上，它都在滴着血。也许是失血过多，它走得很慢，一条两公里长的荒草沟足足走了一个小时。

母熊开始爬上小山坡，坡度稍稍有点陡，它只能四肢着地才能爬上去。一大团肠子吊在它肚子上，惨不忍睹。快要爬到山顶时，肠子挂在一丛荆棘上，它怎么扯也扯不下来，反而越缠越紧。它痛苦地呻吟着，不顾一切地往前拱，结果就像扯线团一样又把肠子扯出一大截来。我实在不忍心，看在小丽丽的份上，走过去帮它把肠子解开了。它伸出黏糊糊的舌头，舔了舔我的手背，大概是在表示谢意吧。

在小山顶上，狗尾巴草被压倒了一大片，有两棵小树也被连根拔起，一头健壮的公雪豹背上被抓得稀烂，脖颈被咬开，倒在血泊中。种种迹象表明，这里刚刚发生过一场殊死的搏杀。

母熊一登上小山顶,东张西望地寻找,"噉噉"地叫唤,一块大石头背后传出小熊应答的叫声。我奔过去一看,果然是小丽丽,它藏在大石头背后,缩成一团,浑身发抖。我把它抱起来一看,它的一条后腿被咬伤,流了一点血,但没伤着骨头。我赶紧脱下衬衣,给它包扎好伤口。小家伙躺在我的怀里,舔着我的脸颊,"呜呜"叫着,诉说着不幸的遭遇。

可惜,我什么也听不懂。

但从现场的情况分析,不难猜测事情的始末。两个小时前,母熊带着小丽丽外出觅食,刚爬到小山顶,突然,一只饥饿的雪豹从草丛里窜出来,凶猛地扑向小丽丽。母熊毫不犹豫地和雪豹扭打起来。雪豹是高山猛兽,身手矫健,棕熊力气虽然大,但不如雪豹灵巧。雪豹左闪右扑,腾跳剪掀,几个回合下来,母熊就落了下风,屁股被豹爪抓伤,累得"噗噗"直喘粗气。雪豹纵身一跃,掉头扑向小丽丽。对雪豹来说,目标是小熊崽而不是母熊,小熊崽皮薄肉嫩,味道鲜美,没有反抗能力,捉起来不用担什么风险,而和母熊纠缠却很难,不付出代价就占不到什么便宜。雪豹奔跑起来快捷如风,转眼间已扑到小丽丽身上,一口咬住小丽丽的腿。母熊大吼一声,也不知道哪里来的力气,狂奔而去,压在雪豹的背上,熊掌重重击打在雪豹的脊背上,尖利的指爪像小刀似的扎进雪豹的皮肉。雪豹疼得哀嚎一声,被迫放掉小丽丽,转身来对付母熊。雪豹是标准的食肉猛兽,扑咬的技巧胜过母熊,很快就把母熊扑倒在地,豹牙无情地啃咬着母熊柔软的腹部。母熊知道,如果就这样听任雪豹噬咬,用不了两分钟,自己就会被活活开膛剖腹;它只要就地打个滚,就能摆脱雪豹致命的撕咬,但是,雪豹就会趁机扑到小熊崽身上。它没有就地打滚,它死死咬住雪豹的一条前腿,任凭豹牙咬穿了自己

的肚皮，也决不松口。只有母亲才会做出这样的选择，把生的希望留给子女，把死的痛苦留给自己。"噗——"，母熊的肚子被撕裂了，豹爪在扯它的肠子，它仍咬住雪豹的前腿不放。一般的动物，一旦肠子被咬出来，求生的意志便灰飞烟灭，雪豹有点得意忘形了，也有可能尝到了腥热的血浆后，饥渴难忍，想活吃熊肠，竟转脸摸索着要去咬母熊流出来的肠子，将脖颈暴露在母熊的嘴前。母熊立刻松开那条豹腿，不失时机地一口咬住雪豹的脖颈。母熊抱定同归于尽的决心，不管雪豹如何撕扯它的肚肠，只要还有一口气，就决不松口。雪豹挣扎着，暴跳着，和母熊滚成一团。也不知过了多长时间，雪豹瘫软下来，渐渐停止了挣动。母熊掀翻压在身上的死雪豹，自己的肠子流了一地，也受了致命的重伤。它并不怕死，它担心死神把它召唤去后，小熊崽怎么办？小熊崽才四个多月大，还不能独立生活，再说又被雪豹咬伤，虽然伤得不太严重，但若缺乏照料，后果也不堪设想。它忍着剧痛，咬着牙，把肠子塞回肚子里，把小熊崽藏在一块大石头后面，跑到观察站来找我……

"呜——"，我身后传来母熊叹息般的叫声，回头望去，母熊有气无力靠坐在大树上，流出来的肠子在它面前堆得像座小山，它的嘴里涌出一团团血沫。它不行了，生命之烛快要燃尽熄灭了。我刚才只顾着为小丽丽包扎伤口，差不多已把它给忘了。它伤得太重，再好的兽医也无力挽救它的生命了。"呜"，它又想叫，但刚张开嘴，一坨紫色的半凝固的血块从喉咙里滑了出来，堵住了它的声音。它艰难地举起一条前肢，微微摆了摆，做了个"招手"的动作，我赶紧抱着小丽丽跑到它身边。我想，它在生命的最后时刻，毫无疑问是想再看一眼，再舔一舔它的宝贝熊崽。我把小丽丽抱到它的嘴边，让

它做最后的亲吻。它抬起已经有点僵硬的嘴巴，碰了碰小丽丽的脸颊，随即把嘴移开，视线又跳回我身上，死死盯着我。我有一种奇怪的感觉，它刚才做出的"招手"动作，并不是想要最后看一眼或舔一舔宝贝熊崽，而是另有遗愿想告诉我。

是什么呢，我茫然不知。

母熊的呼吸越来越急促，逐渐僵冷的四肢不停地颤抖着，预示着残余的生命像游丝似的即将绷断，只有两只小眼睛，还瞪得溜圆，执拗地、急切地盯着我，眼光充满期待，被血块封住的嘴唇翕动着，却已发不出什么声音来了。

我虽然好几次险遭母熊的毒手，但此时此刻，我的怨恨已经冰消雪融。它在肠子被扯出来后，为了能让小丽丽活下去，忍着痛走了那么远的路来找我，仅凭这一点，它就称得上是一位伟大的母亲，我心里充满了由衷的敬佩。作为一位母亲,在临终时刻,心里所牵挂的肯定是它的宝贝熊崽,它想让我为它的宝贝熊崽做些什么呢?我开动脑筋,拼命地想。会不会有什么事情让它放心不下?蓦地,一个灵感跳进我的脑海,它在百般无奈的情况下,跑到观察站来找我,是为了将小熊崽托付给我。它知道小丽丽依恋我,我也喜欢小丽丽,但我毕竟是两足行走的人,它不可能完全信任我。它曾经遭到过人类的捕捉,吃过人类的苦头,它害怕我是个背信弃义的人,或者更糟糕,怕我为了获得珍贵的熊掌和熊胆,黑着心肠害了小丽丽,那样的话,它死也不会瞑目啊。

我恍然大悟,它是在等着我做出某种承诺。

我如果赌咒发誓,母熊是听不懂的。我把小丽丽轻轻放在地上,然后手脚撑地,就像一头熊一样趴着,将小丽丽罩在我的身体底下,这是母熊常用的保护熊崽的办法。接着,我使劲伸出舌头,认真地舔小丽丽的体

毛,舔去粘在它身上的草叶泥垢,把它的绒毛舔得油光水亮。我在用棕熊的身体语言告诉母熊,从今以后,我就是小丽丽的母亲,我会尽心尽力把它抚养长大的。

母熊安详地闭上了眼睛,四肢抽搐了两下,便停止了呼吸。

我找了一些树枝,盖在母熊身上。虽然熊掌很名贵,熊胆也很值钱,但我不会在这头母熊身上捞便宜的,因为我不能亵渎了世界上最美好的情感。

许久,我才抱起小丽丽,往观察站走去。

动物小说大王沈石溪作品获奖记录

《第七条猎狗》(短篇小说)
中国作家协会首届全国优秀儿童文学奖

《退役军犬黄狐》(短篇小说)
第六届陈伯吹儿童文学奖

《狼王梦》(长篇小说)
台湾第四届杨唤儿童文学奖
第二届全国少年儿童优秀图书一等奖

《一只猎雕的遭遇》(长篇小说)
中国作家协会第二届全国优秀儿童文学奖

《天命》(短篇小说)
1992年海峡两岸少年小说、童话征文佳作奖

《象母怨》(中篇小说)
首届冰心儿童文学新作奖大奖

《残狼灰满》(中篇小说)
首届《巨人》中长篇奖

《沈石溪动物小说自选集》(中短篇小说集)
第三届冰心儿童图书奖

《红奶羊》(中篇小说集)
中国作家协会第三届全国优秀儿童文学奖

《狼王梦》《第七条猎狗》(中短篇小说集)
台湾1994年"好书大家读"优选少年儿童读物奖

《第七条猎狗》(短篇小说集)
台湾"中国时报"1994年度十佳童书奖

《保姆蟒》(短篇小说集)
1996年台湾金鼎奖优良儿童图书推荐奖

《狼妻》(短篇小说集)
台湾1997年"好书大家读"年度最佳少年儿童读物奖

《宝牙母象》(中篇小说)
第十一届中国图书奖

《牧羊豹》(短篇小说集)
台湾2000年"好书大家读"年度最佳少年儿童读物奖

《刀疤豺母》(长篇小说)
第十三届中国图书奖

《鸟奴》(长篇小说)
中国作家协会第六届全国优秀儿童文学奖

《藏獒渡魂》(中短篇小说集)
2006年冰心儿童图书奖

《斑羚飞渡》(短篇小说集)
国家新闻出版总署2007年向青少年推荐百部优秀图书

《狼王梦全本》《狼世界》(中短篇小说集)
国家新闻出版总署2008年向青少年推荐百部优秀图书

版权专有　侵权必究

图书在版编目（CIP）数据

大鱼之道 / 沈石溪著. —北京：北京理工大学出版社，2019.5
（动物小说大王沈石溪·致敬生命书系）
ISBN 978-7-5682-6891-2

Ⅰ.①大… Ⅱ.①沈… Ⅲ.①儿童小说－中篇小说－中国－当代
Ⅳ.①I287.45

中国版本图书馆 CIP 数据核字（2019）第 054191 号

出版发行 /	北京理工大学出版社有限责任公司
社　　址 /	北京市海淀区中关村南大街5号
邮　　编 /	100081
电　　话 /	（010）68914775（总编室）
	（010）82562903（教材售后服务热线）
	（010）68948351（其他图书服务热线）
网　　址 /	http：//www.bitpress.com.cn
经　　销 /	全国各地新华书店
印　　刷 /	保定市鑫宇印刷有限公司
开　　本 /	880毫米×1230毫米　1/32
印　　张 /	5.5
字　　数 /	50千字
版　　次 /	2019年5月第1版　2019年5月第1次印刷
定　　价 /	29.80元

责任编辑 /	田家珍
文案编辑 /	陈亲亲
责任校对 /	杜　枝
责任印制 /	施胜娟

图书出现印装质量问题，请拨打售后服务热线，本社负责调换